Edgar Hilsenrath
Zibulsky oder Antenne im Bauch

Edgar Hilsenrath

Zibulsky
oder Antenne im Bauch

Satiren

Gesammelte Werke
Band 5

Herausgegeben von
Helmut Braun

Dittrich Verlag

Bibliografische Information der Deutschen Bibliothek
Die Deutsche Bibliothek verzeichnet diese Publikation in der Deutschen Nationalbibliografie; detaillierte bibliografische Daten sind im Internet über >http://dnb.ddb.de< abrufbar.

ISBN 978-3-937727-03-6

1. Auflage

Umschlaggestaltung: Guido Klütsch
unter Verwendung des Bildes »Zu Edgar Hilsenrath: ›Zibulsky oder Antenne im Bauch‹«, Mischtechnik auf Japanpapier von Christian Lang

www.dittrich-verlag.de

»Wie heißt ein Mensch, der noch Fragen stellt?«
»Zibulsky.«
»Und einer, der keine mehr stellt?«
»Auch Zibulsky.«
»Dann heißt ja jeder Zibulsky?«
»Richtig.«
»Was bedeutet Zibulsky?«
»Gar nichts.«
»Das kann aber nicht sein.«
»Warum?«
»Weil alles seine Bedeutung hat.«

Deutsch-deutsches Gespräch

»Wo sind wir eigentlich?«
  »Im Niemandsland.«
  »Zwischen drüben und drüben?«
  »Ja.«

»Wo wohnen Sie denn?«
  »Am Alexanderplatz.«
  »Ach so!«
  »Und Sie?«
  »Am Kurfürstendamm.«

»Wie heißen Sie denn?«
  »Zibulsky.«
  »So heiße ich auch.«
  »Zibulsky?«
  »Ja.«

»Hören Sie mal, Herr Zibulsky.«
  »Was ist denn?«
  »Würden Sie mich totschießen?«
  »Nur auf Befehl.«

Der Bademeister

Ich wohne in jenem Land, das die von drüben das andere Deutschland nennen. Da ich an einer ansteckenden Krankheit leide ... nämlich an Reisesucht ... und unlängst mal im freien Westen baden wollte, wurde ich verhaftet. Sie legten mir Handschellen an und sagten, daß für meinen besonderen Fall nur der Bademeister zuständig sei.

Ich fragte: »Welcher Bademeister?«

Sie sagten: »Der vom Staatssicherheitsdienst.«

»Sie schlottern ja vor Angst«, sagte der Bademeister.

»Ja.«

»Soll ich mal Ihren Puls fühlen?«

»Das geht leider nicht.«

»Warum?«

»Weil ich Handschellen trage.«

»Sie sind ein verdammter Klugscheißer!«

»Ja.«

»Wir hätten Sie gleich umlegen sollen!«

»Ja.«

»Das wäre besser für Sie gewesen!«

»Ja.«

»Wissen Sie, was einem Kerl blüht, der an Reisesucht leidet?«

»Ich kann es mir vorstellen.«
»Haben Sie mal versucht, Ihre Krankheit zu heilen?«
»Nein.«

»Sie wollten also abhauen?«
»Ja.«
»Einfach so über die Staatsgrenze?«
»Ja.«
»Warum?«
»Um zu baden.«
»Nur, um zu baden?«
»Ja.«

»Wo wollten Sie baden?«
»Im Meer.«
»Das können Sie auch bei uns.«
»Wo denn?«
»In der Ostsee.«
»Ich wollte aber im Mittelmeer baden.«

»Also das ist es«, sagte der Bademeister.
»Ein ketzerischer Badewunsch.«
»Ja.«
»Was soll ich dazu sagen … ich meine: als Bademeister vom Staatssicherheitsdienst?«
»Ich weiß es nicht.«
»In einem Wunsch kann man nicht baden!«
»Da haben Sie eigentlich recht.«
»Die Westpropaganda hat Sie verwirrt. Geben Sie's zu.«
»Ich gebe es zu.«
»Diese verdammte Westpropaganda! Die hat mich verwirrt!«
»Na, jetzt werden Sie vernünftig.«
»Ich hatte Graupen im Kopf.«

»Jawohl.«
»Das Mittelmeer gibt es gar nicht.«
»Jetzt haben Sie's endlich kapiert.«
»Das gibt's nur im Fernsehen.«
»So ist es.«
»Und im Kino.«
»Genau.«
»Und auf der Landkarte.«

Reiseleiter
oder
Adolf Hitler und die Berliner Mauer

»Herr Reiseleiter! Ist das Berlin?«
»Das ist Berlin!«
»Und das dort?«
»Das ist unsere Mauer.«
»Unsere gemeinsame Mauer?«
»Jawohl.«
»Die Berliner Mauer?«
»Nein.«
»Was denn?«
»Die deutsch-deutsche Mauer!«

»Die ist aber niedrig!«
»Der Schein trügt.«
»Glauben Sie?«
»Ja.«
»Wie hoch ist sie denn?«
»Sie ragt hoch hinauf.«
»Bis in den Himmel?«
»Noch höher.«
»Wie weit?«
»Bis zum Entspannungshimmel.«
»Dem Entspannungshimmel der Supermächte?«
»Ja.«
»'ne gefährliche Höhe.«

»Das stimmt.«
»Könnte leicht einstürzen.«
»Möglich.«

»Herr Reiseleiter!«
»Ja.«
»Wissen Sie zufällig, wer die Mauer für uns gebaut hat?«
»Natürlich.«
»Wer denn?«
»Adolf Hitler.«
»War der nicht Maler?«
»Nein.«
»Aber Maurer?«
»Auch nicht.«
»Also Maurer – Mauermeister?«
»Nein.«
»Was denn?«
»Er war bloß Architekt.«
»Vermauerungsarchitekt?«
»Richtig.«

»Er hat den großen Plan als erster entworfen.«
»Welchen großen Plan?«
»Den Verteilungs- und Vermauerungsplan.«
»Wann war das?«
»Als die Endsiegrechnung nicht aufging.«
»In seiner Eigenschaft als Architekt?«
»Als Vermauerungsarchitekt!«
»War er nicht auch Verteilungsarchitekt?«
»Das auch.«
»Hat er sie deshalb hergelockt?«
»Wen?«
»Die Supermächte?«
»Natürlich.«
»Um Deutschland zu verteilen?«

»Ja.«
»Und die Hauptstadt zu vermauern?«
»Genau.«

»Entstand der große Plan in Hitlers Kopf?«
»Nein. In seinem Bauch.«
»Wie denn?«
»Mit dem letzten großdeutschen Furz.«
»Unserer Geschichtemacherei?«
»Richtig.«
»Im Bauch, sagten Sie?«
»Ja.«
»Hinter dem Schreibtisch?«
»Nein.«
»Wo denn?«
»Am Roulettetisch.«
»Am Roulettetisch?«
»Ja.«
»Ist der historisch?«
»Selbstverständlich.«
»Kann man den besichtigen?«
»Jederzeit.«
»Und wo steht er?«
»Im Museum.«
»In welchem Museum?«
»In dem für unbewältigte Vergangenheit.«
»Ist das auch wahr?«
»Das ist wahr.«
»Weiß das Ihr Chef?«
»Welcher Chef?«
»Der vom Reisebüro.«
»Selbstverständlich.«
»Das steht aber nicht im Prospekt.«
»In welchem Prospekt?«
»Im Reiseprospekt.«

Damals konnten wir noch glauben

»Wach auf, Junge! Wach auf!«

»Was ist, Vater?«

»Laß den Kopf nicht hängen!«

»Ich versuch', ihn geradezuhalten.«

»Kannst du die Augen nicht richtig aufkriegen?«

»Nein.«

»Dein Blick ist wie aus Glas. Haben wir dir etwa Glasaugen mit ins Leben gegeben?«

»Ich weiß es nicht.«

»Und deine müde Körperhaltung!«

»Ja, Vater.«

»Was ist nur los, mein Junge?«

»Ich kann nicht mehr, Vater.«

»Das kommt vom Fixen, dem verfluchten!«

»Das kann sein, Vater.«

»Sag mal, Junge. Bist du wirklich ein Fixer?«

»Das ist meine Sache, Vater.«

»Wach auf, Junge! Wach auf!«

»Ich wache lieber nicht auf, Vater.«

»Bist du müde?«

»Eigentlich nicht.«

»Was denn?«

»Ich will nur nicht aufwachen.«

»Was sind deine Probleme, mein Junge?«

»Ich habe keine Probleme. Ich weiß bloß nicht wohin.«

»Das ist auch ein Problem.«
»Wozu lebe ich eigentlich, Vater?«
»Was für'ne Frage, mein Junge. Du versündigst dich.«
»Ich weiß es nicht, Vater.«
»Du glaubst an nichts, Junge. Das ist dein Problem.«
»Wie meinst du das, Vater?«
»Ihr Jungen könnt an nichts mehr glauben.«
»Möglich, Vater.«
»Man muß an etwas glauben, mein Junge.«
»Ja, Vater.«
»Willst du an etwas glauben?«
»Nein, Vater.«

»Als ich in deinem Alter war, mein Junge, da war das anders.«
»Wie anders, Vater?«
»Wir hatten strahlende Augen.«
»Davon hab' ich gehört, Vater.«
»Wir waren voller Glauben.«
»Ja, Vater.«
»Der Mensch muß an etwas glauben.«
»Ja, Vater.«

»Wir glaubten an Volk und Heimat. Und an den Führer!«
»Ja, Vater.«
»An den Führer vor allem, verstehst du?«
»An den Führer, der Gaskammern baute?«
»An den, mein Junge!
»Der ganze Völker vernichtete?«
»Ja.«
»Und auch Millionen Deutsche sterben ließ?«
»Ja, mein Junge.«

Die Oma an der Straßenecke

»Man sollte sie alle vergasen!«

»Wen denn, Oma?«

»Die jungen Leute mit den komisch gefärbten Haaren!«

»Die mit den grünen Haaren?«

»Auch die mit den blauen und den roten.«

»Auch die mit anderen Farben, zum Beispiel: lila?«

»Die auch.«

»Wen noch, Oma?«

»Alle!«

»Wer sind alle?«

»Auch die Schwarzfahrer und Kinder, die auf der Straße Fußball spielen oder auf dem Bürgersteig Fahrrad fahren. Auch die mit den Jeans und den langen Haaren und den Bärten.«

»Wen noch, Oma?«

»Eigentlich alle, die ich nicht leiden kann.«

»Paß auf, Oma! Wir kommen bald an die Macht!«

»Wer seid ihr?«

»Die Ewiggestrigen!«

»Ist es bald soweit?«

»Ja, Oma.«

»Wenn ihr dann an der Macht seid ... darf ich dann immer noch hier an der Straßenecke herumstehen und schimpfen?«

»Das würd' ich dir nicht raten, Oma!«
»Warum?«
»Du könntest die falschen Leute beschimpfen.«
»Das mach' ich jetzt manchmal auch.«
»Ja, Oma. Aber jetzt ist es ungefährlich.«
»Und wenn ihr an der Macht seid?«
»Dann ist das anders.«
»Was passiert dann mit mir?«
»Wir werden dich auch in die Gaskammer stecken!«
»Ich tue aber keinem was!«
»Das macht nichts.«

»Du machst mir Angst, Junge!«
»Das kann sein, Oma.«
»Hab' ich etwa die falschen Leute beschimpft?«
»Das wird sich herausstellen.«

»Du hast falsch gehört, Junge.«
»Ich habe richtig gehört!«
»Ich habe doch gar nichts gesagt.«
»Doch, Oma.«
»Meinetwegen können die schwarzfahren oder auf der Straße Fußball spielen oder auf dem Bürgersteig Fahrrad fahren. Und sie können Jeans tragen und lange Haare und wilde Bärte. Und die komischen Haarfarben stören mich auch nicht. Auch die roten nicht und die blauen und die grünen und auch nicht die lila Haare.«
»Du hast bloß Angst, Oma. Plötzlich Angst gekriegt, was?«

»Ich habe gar nichts gesagt.«
»Doch, Oma.«
»Ich bin nur 'ne Oma, die sich langweilt.«
»Kann sein, Oma.«
»Die einsam ist.«

»Mag sein, Oma.«

»Mit der sonst keiner redet und die sich mal Luft machen muß.«

»Hör auf, Oma!«

»Ich will nicht vergast werden!«

»Schon gut, Oma.«

»Ich habe auch gar nichts gesagt.«

»Ja, Oma.«

Steinzeitsozialismus

»Wie geht's, Genosse Zibulsky?«
»Danke.«
»Sind Sie Systemkritiker?«
»Nein.«
»Zufrieden?
»Vollkommen.«

»Ich bin nämlich von der Säuberungskommission.«
»Der politischen?«
»Na, was denn sonst!«
»Gibt's was Neues?«
»Jawohl.«
»Was denn?«
»Wir haben ein neues Gesetz verabschiedet.«
»Da bin ich ja gespannt.«
»Kann ich mir vorstellen.«
»Ja.«
»Wir machen es von jetzt an so wie in Kambodscha.«
»Kambodscha?«
»Kambodscha!«

»Wir erschießen jeden, der lesen und schreiben kann!«
»Das finde ich sehr vernünftig.«
»Diese Leute sind gefährlich.«

»Sehr richtig.«
»Es steht viel auf dem Spiel.«

»Jawohl.«
»Es geht um den Aufbau einer neuen Gesellschaft.«
»Jawohl.«
»Können Sie lesen und schreiben?«
»Nein.«
»Aber Sie waren doch Lehrer?«
»Das stimmt.«
»Und wieso können Sie plötzlich nicht lesen und schreiben?«
»Ich kann's eben nicht.«
»Waren Sie etwa nur Schwimmlehrer?«
»Ich kann mich nicht erinnern.«
»Oder haben Sie bloß alles wieder verlernt?«

Der Gastarbeiter und die deutsche Frau oder Einsamkeit

1.

»Also Sie sind Frau Zibulsky?« sagte der Heiratsvermittler.

»Ja«, sagte Frau Zibulsky.

»Ich nehme an, daß Sie schon mal verheiratet waren?«

»Ja. Sogar zweimal.«

»Verstehe«, sagte der Heiratsvermittler.

»Einmal mit dem Willi. Und einmal mit dem Hans.«

»Hans war Ihr erster Mann?«

»Nein. Das war mein zweiter.«

»Dann war Willi logischerweise der erste?«

»So ist es.«

»Wo ist der Hans?«

»Der hat sich aufgehängt.«

»Wann?«

»1945.«

»Warum?«

»Weil er ein Nazi war.«

»Und der Willi?«

»Der ist auch tot«

»Aufgehängt?«

»Nein.«

»Also eines normalen Todes gestorben?«

»Auch nicht.«
»Wie denn?«
»In Stalingrad gefallen.«
»Wann?«
»1943.«

»Sie wollen also wieder heiraten?«
»Ja.«
»Darf ich fragen, wie alt Sie sind?«
»Übermorgen werd' ich siebzig.«
»Ein schönes Alter.«
»Das kann man wohl sagen.«
»Die Einsamkeit?«
»Ich glaube ja.«

»Sie waren Verkäuferin bei Karstadt?«
»Ja.«
»Wenigstens steht das in meinen Akten.«
»Wenn's da drin steht, dann hat das auch seine Richtigkeit.«
»Da kann man ja nicht gerade annehmen, daß Sie vermögend sind? Oder?«
»Bin ich auch nicht.«
»Haben Sie wenigstens ein Haus?«
»Nein.«
»Es muß ja kein großes sein!«
»Hab' ich nicht.«
»Sie könnten es ja geerbt haben!«
»Von wem denn?«
»Auch keine Eigentumswohnung?«
»Auch nicht.«

»Landbesitz?«
»Nichts dergleichen.«
»Wertpapiere?«

»Keine.«
»Ein Sparkonto?«
»Das hab' ich.«
»Bei einer ordentlichen Bank?«
»Nur das bei der Post.«
»Ist wenigstens was drauf?«
»Nicht viel.«

»Wovon leben Sie?«
»Von einer kleinen Rente.«
»Genügt das zum Leben?«
»Zum Leben genügt's. Aber was ist das für ein Leben!«
»Na ja.«
»Ein Leben ohne Zärtlichkeit.«
»Verstehe.«
»Ein Leben voller Sehnsucht.«
»Trotz Erdbeertorte und Schlagsahne?«
»Woher wissen Sie das?«
»Das steht in meinen Akten.«
»Hab' ich das angegeben?«
»Ja.«

»So steht's in meinen Akten«, sagte der Heiratsvermittler. »Ich lese es Ihnen vor: Gertrud Zibulsky, Frau in den besten Jahren, 1 Meter 62, 87 kg, blond, ehemalige Verkäuferin bei Karstadt in der Lebensmittelabteilung, stillt ihre geheimen Liebeswünsche seit Jahren notgedrungen – nach eigenen Angaben – mit Erdbeertorte und Schlagsahne.«

»Stimmt«, sagte Frau Zibulsky.
»Essen Sie die zu Hause?«
»Nein«, sagte Frau Zibulsky. »Das wäre zu einsam. Ich verzehre sie nachmittags im Café Maier.«
»Jeden Nachmittag?«

»Seitdem ich im Ruhestand bin, jeden Nachmittag.«
»Allein?«
»Meistens allein, aber manchmal mit meinen beiden Freundinnen, zwei Damen in ähnlicher Lage.«
»Wer sind die?«
»Kriegerwitwen.«
»Verzehren die auch Erdbeertorte?«
»Nein.«
»Was denn?«
»Kirschtorte.«
»Mit Schlagsahne?«
»Selbstverständlich.«

»Ich habe da einige ältere Herren auf meiner Liste«, sagte der Heiratsvermittler, »aber die wollen alle jüngere Damen, das heißt: etwas jünger.«
»Kann ich verstehen«, sagte Frau Zibulsky.
»Da wäre noch einer«, sagte der Heiratsvermittler, »ein Herr von fünfundachtzig, der allerdings im Rollstuhl sitzt, sozusagen: pflegebedürftig. Der käme in Frage.«
»So einen brauche ich nicht«, sagte Frau Zibulsky.
»Was wollen Sie für einen?«
»Einen im Alter von Willi.«
»Ihr erster Mann?«
»Ja.«
»Warum nicht im Alter von Hans?«
»Weil ich in der letzten Zeit immer an Willi denke.«
»Der in Stalingrad gefallen ist?«
»Ja.«

»Wenn ich Sie richtig verstehe«, sagte der Heiratsvermittler, »dann wollen Sie einen Mann, der so alt ist, wie Willi heute wäre? Habe ich recht?«
»Sie haben nicht recht«, sagte Frau Zibulsky. »Ich möchte einen Mann wie Willi. Und Willi ist jung. Denn

er ist ja nie alt geworden.«

»Wie alt war Willi, als er gefallen ist?«

»Er war dreißig.«

»Sie wollen also einen Mann von dreißig?«

»Ja.«

»Ich glaube kaum«, sagte der Heiratsvermittler, «daß ich einen Mann von dreißig finden könnte, der bereit wäre, eine Frau von siebzig zu heiraten, die weder Vermögen noch sonst irgend etwas zu bieten hat.«

»Ich habe eine Menge zu bieten«, sagte Frau Zibulsky.

»Zum Beispiel?«

»Ich kann kochen. Ich kann backen und stricken.«

»Das genügt nicht«, sagte der Heiratsvermittler.

»Ich kann auch zärtlich sein.«

»Das kann schon sein«, sagte der Heiratsvermittler.

»Viel zärtlicher als die jungen Dinger von heute.«

»Das glaube ich gern«, sagte der Heiratsvermittler.

»Na also«, sagte Frau Zibulsky.

»Es genügt nicht«, sagte der Heiratsvermittler.

»Ich habe noch schöne Brüste.«

»Das kann sein.«

»Gar nicht verschrumpelt.«

»Ich bitte Sie, Frau Zibulsky ...«

»Ich habe zwar seit 1945 keinen Mann mehr gehabt, nicht mal zum Vergnügen, und alles ist ein bißchen eingerostet, aber ich brauche kein Sandpapier, um den Rost zu entfernen. Glauben Sie's mir.«

»Wer redet denn von Sandpapier!«

»Im Märchen ist's ja auch so: Da verschwinden die Dornen, wenn ihre Zeit um ist.«

»Sie glauben wohl, daß Sie Dornröschen sind?« sagte der Heiratsvermittler.

»Ich meine nur ...«, sagte Frau Zibulsky.

»Was da schlummert, kann erweckt werden?«
»So ist es.«
»Denn siehe: Ich bin nur die Jungfrau von gestern!«
»Genau.«
»Und was da zu ist, kann geöffnet werden?«
»Ja.«
»Ich bin aber nicht Jesus.«
»Sondern?«
»Ich bin nur ein Heiratsvermittler.«

»Hören Sie, Frau Zibulsky«, sagte der Heiratsvermittler. »Es gibt keinen deutschen Mann von dreißig, der Sie nehmen würde.«
»Dann habe ich also keine Chance?«
»Doch«, sagte der Heiratsvermittler. »Sie könnten einen Gastarbeiter heiraten.«
»Wie meinen Sie das?«
»Ich meine es so, wie ich's sage.«
»Einen Kanaken?«
»Das ist ein häßliches Wort.«
»Einen Gastarbeiter also?«
»Ja.«
»Warum?«
»Weil das Ihre einzige und letzte Chance wäre.«

»Viele von diesen armen Schweinen finden keine Frau«, sagte der Heiratsvermittler. »Das liegt an gewissen Umständen, die ich jetzt nicht näher erklären kann. Dabei spielt auch die Sprache eine Rolle und die Kultur.«
»Was für eine Kultur?«
»Eine artfremde Kultur.«
»Eine Kanakenkultur?«
»Wie Sie wollen.«
»Nicht mal die Berta würde einen Kanaken nehmen.«
»Wer ist das?«

»Meine Stieftochter. Die Tochter vom Hans. Die hat einen Buckel und schielt.«

»Sie wollen also nicht?« sagte der Heiratsvermittler.

»Ich weiß es nicht«, sagte Frau Zibulsky.

»Soll ich mal telefonieren?«

»Wenn Sie wollen«, sagte Frau Zibulsky.

Während der Heiratsvermittler telefonierte, holte Frau Zibulsky verstohlen ihr Häkelzeug aus der großen Handtasche. Ein Kanake, dachte sie. Einer von dreißig, so alt wie dein Willi damals war. Was würde dein Willi wohl dazu sagen?

Sie beobachtete nervös den kahlen Schädel des Heiratsvermittlers im Wandspiegel hinter dem Schreibtisch. Der kahle Schädel zuckte ab und zu, oder kam ihr das nur so vor? Der Schädel schien zu sagen: Es juckt wohl schon ein bißchen, Frau Zibulsky, dort unterm Rost, den man abschaben müßte. Und so ein Kanake ist gar nicht mal so übel. Es soll auch anständige Menschen unter ihnen geben, so wie bei den Juden zum Beispiel oder den Chinesen. Das Artfremde läßt sich überspielen. Man muß nur nicht dran denken. Schließlich sind wir ja auch artfremd, wenn wir zu den Kanaken auf Urlaub fahren und ihre Sonne benützen und ihre Sand- oder Felsstrände. Wir bezahlen zwar für die Gastfreundschaft mit fetten D-Mark-Scheinen, aber es heißt ja, daß Gastfreundschaft nicht käuflich sei. Wer kennt sich da aus? Und die, die zu uns kommen, um hier zu schuften, die tun's ja auch nicht zum Spaß. – Verdammt, dachte Frau Zibulsky, die tun's nicht zum Spaß. Und sicher hat dein Kanake eine Familie drüben und spart sich das Geld vom Mund ab, um es nach Hause zu schicken. Ist doch so? Und was für ein Kanake wird das überhaupt sein? Hoffentlich kein Türke. Die waschen sich nur beim Gebet, und zwar die Fingerspitzen. Und halten sich Hühner auf dem Balkon, die mit den Tauben um die Wette scheißen, als ob sie selber Luftratten wären so wie die Tauben. Und nur, um täglich frische Eier zu haben. Und die gehen spazieren auf dem Türkenbalkon, die Hühner, mein' ich. Und die prügeln ihre Frauen, die Türken natürlich und nicht die Hühner. Aber mein Kanake ist vielleicht anders. Glück muß der Mensch haben. Der ist vielleicht ganz passabel. Und ich heiße Gerda, werde ich sagen. Und wie heißt du? Mein Willi ist bloß in Stalingrad gefallen. Deshalb bin ich allein. Ich hab' zwar noch mal geheiratet, und zwar den Hans, aber der war ein Nazi, obwohl mein Willi auch ein Nazi war, aber der war ganz anders. Der Willi hat niemand was zuleide getan. Der hatte keinen Dreck am Stecken so wie der Hans. Der hätte sich auch nicht aufgehängt. Nicht wegen so was.

»Hören Sie, Frau Zibulsky«, sagte der Heiratsvermittler. »Ich habe eben mit dem Zimmervermieter telefoniert.«

»Welcher Zimmervermieter?«

»Der Zimmervermieter des netten Gastarbeiters, den ich für Sie ausgesucht habe.«

»Warum haben Sie nicht mit ihm selber gesprochen?«

»Mit dem Gastarbeiter?«

»Ja.«

»Weil er kein Deutsch kann.«

»Kann der Zimmervermieter Deutsch?«

»Der ist ein Deutscher.«

»Und wie redet er mit seinem Mieter?«

»Er redet türkisch mit ihm.«

»Kann er Türkisch?«

»Er hat es von ihm gelernt.«

»Ein Türke also?«

»Ein Türke.«

»Einer, der heiraten will?«
»Ja.«
»Einer, der keine Frauen kriegt?«
»So ist es.«
»Hat er ’ne Arbeit?«
»Er arbeitet schwarz.«
»Woher wissen Sie das?«
»Vom Zimmervermieter.«

»Ist er legal bei uns in Deutschland?«
»Nein. Er ist illegal hier. Man hat ihn schon zweimal abgeschoben, und er kam immer wieder zurück.«
»War er im Gefängnis?«
»Auch schon.«
»Ist er ein Krimineller?«
»Nein.«
»Wieso nicht?«
»Die anderen sind die Kriminellen!«
»Welche anderen?«
»Die Verantwortlichen.«
»Wer sind die?«
»Die für das Elend verantwortlich sind.«
»Wer hat das gesagt?«
»Der Zimmervermieter.«

»Was ist ein Gastarbeiter?«
»Ein Gast, der eingeladen wurde, damit man ihn ausbeutet, und den man wieder loswerden will, sobald man ihn nicht mehr braucht.«
»Ist das so?«
»Ja.«
»Dann ist mein Türke kein richtiger Gastarbeiter?«
»Warum?«
»Weil er nicht eingeladen wurde.«
»Darüber müßte man nachdenken.«

»Es hat keinen Zweck, sich darüber den Kopf zu zerbrechen.«
»Warum?«
»Weil es keinen Zweck hat.«
»Also darum?«
»Ja.«

»Jedes arme Ausländerschwein mit einem Job, den kein Deutscher machen will, ist ein Gastarbeiter.«
»Legal oder illegal?«
»Ja.«
»Schwarzarbeit oder nicht?«
»So ist es.«
»Und mein Türke hat einen Job?«
»Ja.«
»Dann ist er also ein Gastarbeiter?«
»Natürlich ist er einer.«

»Ich denke, man braucht sie nicht mehr?«
»Wen?«
»Die Gastarbeiter.«
»Das sagen die nur.«
»Wer?«
»Die Obrigkeit.«
»Stimmt das nicht?«
»Es stimmt nicht.«
»Weiß das die Obrigkeit?«
»Sie wollen es nicht wissen.«
»Und wer weiß es?«
»Die Arbeitgeber.«
»Die die Gastarbeiter ausbeuten?«
»So ist es.«

»Und mein Türke möchte gerne heiraten?«
»Ja.«

»Auch eine Frau von siebzig?«

»Dem ist das scheißegal. Der möchte nämlich gerne hierbleiben.«

»Ach so ist das?«

»Ja.«

»Er wird Sie übermorgen am Bahnhof treffen.«

»Haben Sie das mit dem Zimmervermieter vereinbart?«

»Ja.«

»Am Bahnhof?«

»Am Hauptbahnhof.«

»Warum gerade am Hauptbahnhof?«

»Dort ist der Gastarbeitertreff.«

»Das stimmt. Die stehen dort immer rum. Das weiß ich zufällig. Es ist schlimm dort. Man wird immer von ihnen belästigt. Auf dem Hauptbahnhof, mein' ich. Man kann dort als anständige deutsche Frau gar nicht mehr vorbeigehen.«

»Die trinken dort ihr Bier. An den Stehtischen. Die tun keinem was.«

»Immer nur am Hauptbahnhof?«

»Dort sind sie fast zu Hause.«

»Dort?«

»Ja. Sie blicken den abfahrenden Zügen nach.«

»Warum?«

»Weil sie ihre Sehnsucht mitnehmen.«

»Die Sehnsucht?«

»Ja.«

»Dann sollten sie lieber nach Hause fahren!«

»Das können sie nicht.«

»Warum?«

»Weil man dort zu Hause ist, wo man sein Brot verdient.«

»Hier sind sie aber nicht zu Hause.«

»Das stimmt eigentlich.«

»Warum kann man nicht dort zu Hause sein, wo es kein Brot gibt?«

»Das weiß nur der liebe Gott.«

»Der das Brot verteilt?«

»Ja.«

»Wo soll ich meinen Türken treffen?«

»Am Zeitungsstand.«

»Auf dem Bahnhof?«

»Auf dem Hauptbahnhof.«

»Übermorgen?«

»Übermorgen.«

»Um wieviel Uhr?«

»Um achtzehn Uhr.«

»Übermorgen ist mein Geburtstag.«

»Dann darf ich Ihnen wohl schon heute gratulieren?«

»Das dürfen Sie.«

»Und wie soll ich meinen Türken erkennen?«

»An seinem Gesicht.«

»Wie sieht er aus?«

»So wie eben ein Gastarbeitergesicht aussieht.«

»Für unsereins sehen sie alle gleich aus.«

»Da haben Sie recht.«

»Dann kann ich ihn nicht erkennen?«

»Leider nicht.«

»Was mache ich jetzt?«

»Er wird Sie erkennen.«

»Haben Sie ihm erzählt, wie ich ausseh'?«

»Ich hab's dem Zimmervermieter erzählt.«

»Und der hat's dem Türken auf türkisch beschrieben?«

»Genau.«

2.

Ein Rendezvous auf dem Hauptbahnhof. Ein Rendezvous zu dritt. Denn der Zimmervermieter war vorsichtshalber mitgekommen.

»Er hat Sie gleich erkannt«, sagte der Zimmervermieter und zeigte auf seinen Untermieter, der verlegen vor dem Zeitungsstand wartete, einige Schritte abseits.

»Ich hab' ihm erklärt, wie Sie aussehen, und da zeigte er vorhin auf Sie und sagte auf türkisch: Das ist sie!«

»Es ist sehr freundlich von Ihnen, daß Sie mitgekommen sind«, sagte Frau Zibulsky, »denn mit Ihnen kann ich wenigstens reden.«

»Mit dem können Sie nicht reden«, sagte der Zimmervermieter. »Denn der kann nur Türkisch.«

»Das weiß ich«, sagte Frau Zibulsky.

»Er konnte vor einiger Zeit nur ein einziges Wort deutsch«, sagte der Zimmervermieter.

»Und was ist das für ein Wort?«

»AUFENTHALTSERLAUBNIS!«

»Das ist aber ein schwieriges Wort.«

»Eigentlich ja.«

»Hat er inzwischen noch was hinzugelernt?«

»Nur ein paar Wörter.«

»Dann kann er also etwas Deutsch?«

»Es ist kaum der Rede wert.«

»Was für Wörter kennt er denn?«

»Nur Wörter, die man den Gastarbeitern hier bei uns in Deutschland beibringt.«

»Zum Beispiel?«

»Zum Beispiel: Polizei!«

»Noch was?«

»Ja. Er kennt auch die Wörter: Frau, Zimmer, Papiere, Geld, Hauptbahnhof, Bier, Bratwurst, nix deutsch und das Wort ›Warum‹.«

„Ist das alles?«
»Das ist alles.«

Na so was, dachte Frau Zibulsky, als ob die deutsche Sprache keine anderen Wörter kennt. Was haben wir für eine arme Sprache! Sie lachte leicht auf, strich sich kokett über das blondgefärbte Haar, hätte gerne verstohlen an der Stelle unter ihrem Kleid gefummelt, wo es nicht mehr juckte, dachte: Nein. Lieber nicht. Sah, wie der Zimmervermieter zum Zeitungsstand zurückging und mit dem Untermieter tuschelte, dachte: Na so was. Der Willi würde tot aus Stalingrad zurückkommen, wenn er das wüßte. Und der Zimmervermieter sieht ja fast wie der Heiratsvermittler aus. Blanker Schädel. Und das komische Grinsen um den breiten Mund. Und sicher ist das auch ein Ausbeuter, obwohl es nett von ihm war, hier zu vermitteln. Will er vielleicht was von dir? Na, wahrscheinlich nicht. Der wird seine Gründe haben. Sicher zahlt der Türke die doppelte Miete, weil er ihn nicht angemeldet hat. Und damit er die Schnauze hält. Und verdammt noch mal. Der Türke sieht gar nicht so übel aus. Er ist höchstens dreißig. Ein bißchen klein allerdings. Und ein bißchen zu dunkel für eine deutsche Frau. Wegen der Nachbarn. Aber zum Teufel mit den Nachbarn. Die reden sowieso. Und einen Anzug trägt der Türke, der viel zu groß ist. Und auch zu bunt. Aber was soll's? Du könntest ihm den Anzug von Willi geben, der noch im Schrank hängt. Oder den Anzug von Hans, der eher passen würde, weil der Hans kleiner war als der Willi. Und ein freundliches Gesicht hat er, der Türke. Ein gutmütiges. Na, vielleicht wird wirklich was draus. Du könntest ja Türkisch lernen. Oder du bringst ihm noch ein paar deutsche Wörter bei. Zum Beispiel: Zärtlichkeit. Oder: Liebe. Und wenn der Willi noch lebte, dann würdest du zu ihm sagen: Mensch, Willi. Liebe und Zärtlichkeit, die haben wir ja gekannt. Warum mußtest du ausgerechnet in Stalingrad fallen? Und so verdammt jung. Und warum mußte ich später den Hans heiraten? Nur, um dich zu vergessen. Aber ich hab' dich nicht vergessen. Und weißt du, wo ich jetzt bin, Willi? Ich bin auf dem Hauptbahnhof. Nämlich dort. In der großen Halle. Und dort drüben ist ein Zeitungsstand mit vielen Zeitungen in allen möglichen Sprachen, die kein vernünftiger Mensch versteht. Und die beiden Männer da vor dem Stand, ich meine den Zeitungsstand, das ist der Zimmervermieter und sein Untermieter. Und ganz schön geil sind die beiden, das sieht man direkt. Die reden und reden, und der Türke nickt, ein bißchen verlegen, und der glatzköpfige Zimmervermieter grinst und guckt auf meine Beine. Es sind Beine, Willi, ganz gewöhnliche Beine, obwohl ich heute hohe Absätze trage, um den Anlaß zu feiern. Welchen Anlaß? Na, den Anlaß eben. Heut' ist ja mein Geburtstag. Außerdem will ich mich heute verloben. So ist das, Willi. Und wie der Hauptbahnhof aussieht, willst du sicher wissen? Du kennst ihn nicht mehr, da sie ihn damals zerbombt haben. Ist aber wieder neu aufgebaut. Sieht ein bißchen wie Istanbul aus oder so, wie ich mir Istanbul vorstelle. Man hört hier fast nur Türkisch. Und dort drüben neben dem Zeitungsstand ist eine Bar und etwas weiter die Auskunft und die Gepäckaufbewahrung und die Toiletten. Ja, Willi. Und drüben sind die vielen Gleise mit Zügen, die täglich nach Istanbul fahren. Auch zwei Imbißstuben sind da mit vielen Stehtischen und vielen Gastarbeitern und wenigen Touristen. Und alle gucken auf meine Beine. Hast du meine Beine noch gern, Willi?

»Mein Untermieter möchte wissen, ob Sie heute mit ihm tanzen gehen«, sagte der Zimmervermieter, der seinen Schützling wieder allein am Zeitungsstand zurückgelassen hatte.

»Tanzen?«

»Ja.«

»Lieber nicht.«

»Warum?«

»Weil heute mein Geburtstag ist.«

»Dann gratuliere ich Ihnen recht herzlich.«

»Ich danke Ihnen.«

»Wie alt sind Sie denn geworden?«

»Das kann ich Ihnen nicht sagen.«

»Werden Sie es meinem Untermieter sagen?«

»Selbstverständlich.«

»Aber er wird Sie nicht verstehen.«

»Das macht nichts.«

»Warum wollen Sie nicht mit ihm tanzen gehen, wenn heute Ihr Geburtstag ist?«

»Weil ich für heute andere Pläne habe.«

»Sie wollen mit ihm ins Kino gehen?«

»Auch nicht.«

»In ein feines Restaurant?«

»Ich mache mir nichts aus feinen Restaurants.«

»Wollen Sie bloß mit ihm spazierengehen?«

»Nein.«

»Wir werden zu mir nach Hause gehen«, Zibulsky.

»Sie haben's aber eilig.«

»Sie irren sich.«

»Was wollen Sie denn bei sich zu Hause?«

»Den Geburtstagskuchen anschneiden.«

»Haben Sie den selbst gebacken?«

»Ja.«

»Was ist das für ein Kuchen?«

»Es ist eigentlich eine Torte.«

»Also eine Torte?«
»Ja.«
»Dann wünsch' ich Ihnen ›guten Appetit‹«

»Warten Sie mal«, sagte Frau Zibulsky, als der Zimmervermieter sich verabschieden wollte.
»Ich weiß ja gar nicht mal, wie er heißt.«
»Wer?«
»Der Untermieter.«
»Ich weiß es auch nicht.«
»Wie kommt das?«
»Ich hab' ihn ja nicht angemeldet.«
»Hat er seinen Namen nicht genannt?«
»Doch. Ich hab' ihn nur wieder vergessen.«

3.

Nachdem der Zimmervermieter verschwunden war, trat Frau Zibulsky auf den Türken zu und fragte: »Wie heißt du eigentlich?«
»Hauptbahnhof«, sagte der Türke.
»So kannst du nicht heißen«, sagte Frau Zibulsky.
»Aufenthaltserlaubnis«, sagte der Türke.
»So auch nicht«, sagte Frau Zibulsky.
»Polizei«, sagte der Türke, »... Papiere, Frau, Zimmer, Geld, Bier, Bratwurst, nix deutsch. Warum?«
»Du heißt Zibulsky«, sagte Frau Zibulsky.
»Wenigstens heißt du heute so. Ich bin zwar keine emanzipierte Frau, wie das heutzutage heißt, aber du kannst trotzdem meinen Namen haben.«
»Hauptbahnhof«, sagte der Türke.
»Zibulsky«, sagte Frau Zibulsky.

Herr Zibulsky hatte sich bei ihr eingehängt, und beide

Zibulskys ... er: in seinem zu großen, bunten Anzug, seinen blankgeputzten, schwarzen Schuhen; sie: ein wenig watschelnd – trotz hoher Absätze – in ihrem neuen Kleid ... beide marschierten über den längst wiederaufgebauten Bahnhofsplatz, gemächlich, als hätte es kein Stalingrad gegeben und keine Invasion alliierter Streitkräfte und Gastarbeiter.

»Hör zu«, sagte Frau Zibulsky. »Wir gehen nämlich jetzt zu mir nach Hause. Ist gar nicht weit. Hinter dem Adolf-Hitler-Platz, der heute anders heißt.«

»Zimmer«, sagte der Türke.

»Jawohl«, sagte sie.

»Frau?«

»Ja«, sagte sie.

»Warum?«

»Damit wir meine Geburtstagstorte anschneiden.«

Bei Frau Zibulsky war's gemütlich. Das merkte auch Herr Zibulsky. Er sagte: »Zimmer.«

»Ja«, sagte Frau Zibulsky. »Das Zimmer ist gemütlich. Ich hab' noch eins. Aber das ist nur zum Schlafen. Später vielleicht. Aber zuerst müssen wir die Torte anschneiden.«

»Frau«, sagte Herr Zibulsky.

»Später«, sagte Frau Zibulsky. »Zuerst die Torte. Es ist nämlich eine Geburtstagstorte. Heute bin ich siebzig.« Frau Zibulsky lachte und zündete die Kerzen auf der Torte an. »Für siebzig Kerzen hat die Torte nicht gereicht«, sagte sie. »Deshalb hab' ich nur sieben Kerzen in die Torte gesteckt. Sieben, verstehst du. Die Null müssen wir uns denken.«

»Hauptbahnhof«, sagte Herr Zibulsky.

»Nix Hauptbahnhof«, sagte Frau Zibulsky. »Davon hast du genug gehabt. Was ist das für ein Leben! Jeden Tag am Hauptbahnhof. An den Stehtischen. Mit dem

Bierkrug. Und den Gastarbeitern. Und dem Gestank. Ihr guckt euch dort die Augen aus nach den Weibern, die sich dort rumtreiben. Ist ja doch nichts für euch.« »Hauptbahnhof«, sagte Herr Zibulsky.

»Nix Hauptbahnhof«, sagte Frau Zibulsky. »Wohnung! Verstehst du? Das hier ist eine Wohnung. Und zwar 'ne anständige. Der Willi hat schon hier gewohnt. Und später der Hans. Zwei Zimmer. Das genügt, wenn man keine Kinder hat. Es sind ja große Zimmer. Und hast du die Küche gesehen? Eine Wohnküche. Auch gemütlich. Sogar eine Waschmaschine hab' ich. Und einen Kühlschrank. Ob ich eine Geschirrspülmaschine habe? Möchtest du gerne wissen, was? Nein. Die hab' ich nicht. Das ist dummes Zeug. Wozu hat man zwei Hände? Ich habe immer gearbeitet. Das wäre ja noch schöner, wenn ich mein bißchen Geschirr mit 'ner Geschirrspülmaschine waschen müßte.«

»Wir werden erst mal was essen, verstehst du. Belegte Brötchen. Ich habe Mettwurst, Bierwurst, Schinken, Harzer Käse und Quark. Auch Deutsche Markenbutter und Erdbeermarmelade. Dann mache ich einen Kaffee Hag, und wir schneiden die Torte an.«

»Warum?« sagte Herr Zibulsky.

»Weil wir um diese Zeit was essen müssen.«

»Hauptbahnhof«, sagte Herr Zibulsky.

»Nix Hauptbahnhof«, sagte Frau Zibulsky. »Auch nix Imbißstube. Hier essen, verstehst du. Und keine Faxen machen. Das ist gar nicht nötig. Und hinsetzen. Jawohl. Na, siehst du. Du verstehst mich schon. In den großen Lehnstuhl. So ist's richtig. Dort hat auch immer der Willi gesessen und später der Hans. Wir können dann den großen Lehnstuhl an den Eßtisch rücken. Und mach dir keine Sorgen um mich. Ich brauche den Lehnstuhl nicht. Der war immer nur für die Männer bestimmt.«

Herr Zibulsky hatte bisher nicht gewagt, im Wohnzimmer der alten Frau zu rauchen, weil ihm die Türken an seinem Arbeitsplatz in seiner Sprache erzählt hatten, daß alles Normale in Deutschland verboten sei. Auch die Türken an den Stehtischen im Hauptbahnhof hatten das gesagt ... in seiner Sprache, und sie hatten es traurig gesagt. Hier durfte bei Rot keine Straße überquert werden, auch dann nicht, wenn die Straße leer war und kein Auto in Sicht. Falsch parken war gefährlich, denn immer war irgend jemand da und rief sofort die Polizei. Hier durften Kinder nicht auf fremdem Rasen spielen. Abfälle durfte man nicht achtlos wegwerfen, nicht mal ausgelutschte Kürbiskerne, die ein normaler Mensch einfach ausspuckt, ohne darüber nachzudenken oder sich gar den Kopf zu zerbrechen. An vielen Orten in Deutschland durfte auch nicht geraucht werden ... obwohl das woanders auch so war, aber dort nahm man es nicht so genau. Herr Zibulsky spielte mit der Zigarettenschachtel in der Tasche seines bunten Jacketts und wußte nicht, wie sich die alte Frau verhalten würde, wenn er sich jetzt eine ansteckte. Würde sie die Polizei rufen? Warum sollte sie das tun? Eine alte Frau, die ihn heiraten wollte und ihm Dinge erzählte, von denen er kein Wort verstand? Dann aber dachte sich Herr Zibulsky, daß man ja schließlich das Fenster öffnen könnte, und zwar, wenn Frau Zibulsky gerade mal nicht da war. Und da sie jetzt in die Wohnküche ging, um irgend etwas zu kochen oder anzurichten, öffnete er vorsichtig das Fenster, steckte den Kopf ins Freie, zündete sich eine Zigarette an, inhalierte tief und blies den Rauch in Richtung Hauptbahnhof. Als Frau Zibulsky zurückkam, hatte er die Zigarette schon zu Ende geraucht, an den Schuhsohlen ausgedrückt, das Fenster geschlossen und den kalten Stummel – nicht etwa hinaus auf die Straße geworfen, sondern ängstlich in die Tasche gesteckt. Frau Zibulsky brachte den dampfenden Kaffee und all die anderen Sachen, die sie versprochen hatte, außerdem noch zwei Flaschen Wein, einen weißen, einen roten, und sagte:

»Na, hoffentlich schmeckt's!«

»Warum?« sagte Herr Zibulsky.

»Weil ich annehme, daß du Hunger hast«, sagte Frau Zibulsky. »Oder hat dir die Aussicht auf 'ne tolle Liebesnacht den Appetit verschlagen?«

»Warum?« sagte Herr Zibulsky.

Frau Zibulsky schob ihm kichernd die Deutsche Markenbutter hin, zeigte auf das Buttermesser und sagte: »Warum? Woher soll ich das wissen? Ich nehme an, weil du schon lange keine Frau gehabt hast. Deswegen hab' ich ja auch den Wein auf den Tisch gestellt. Man sagt zwar, daß das anregt, aber ich glaube, das kann auch beruhigen. Du hast die Wahl: Weißwein oder Rotwein. Meinetwegen kannst du beide haben. Aber rühr mich jetzt nicht an. Ich bin noch nicht soweit. Bei mir dauert das 'ne Weile.«

»Zimmer«, sagte Herr Zibulsky.

»Immer mit der Ruhe«, sagte Frau Zibulsky. »Füll dir erst mal den Magen. Sind alles gute Sachen. Auch die Mettwurst ist frisch. Die war nur angeschnitten.« »Polizei«, sagte Herr Zibulsky.

»Unsinn«, sagte Frau Zibulsky. »Von hier holt dich keiner raus. Ich werde dich auch nicht anzeigen, ich meine wegen Vergewaltigung oder so was. Schließlich sind wir ja fast verlobt. Und der Zimmervermieter war Zeuge, daß wir uns freiwillig getroffen haben. Auch der Heiratsvermittler. Die haben beide blanke Schädel, aber deshalb sind sie nicht weniger glaubwürdig.«

»Hör zu«, sagte Frau Zibulsky. »Ich habe auch schon lange keinen Mann gehabt. Seit 1945 nämlich. Das letzte Mal, das war im Mai. Jawohl. Und zwar am 1. Mai.

War damals kein Feiertag, wenigstens nicht im Jahre 1945. Wir hatten damals andere Sorgen. Auch der Hans. Der war ein Nazi, verstehst du? Und die Amis standen schon fast vor der Haustür. Noch einmal hat er's mit mir gemacht. Am nächsten Tag hat er sich aufgehängt.«

»Und weißt du, wo?« sagte Frau Zibulsky. »Hier im Wohnzimmer. Direkt über dem großen Eßtisch. An der Wohnzimmerlampe. Hat sich auf den Eßtisch gestellt, den Strick um den Hals, Knoten um die Lampe, einfach so, dann den Tisch umgestoßen. So war's. Ich hab's nicht gesehen. Hab' ihn nur gefunden, das heißt: Ich habe ihn zuallererst entdeckt. Sah ihn baumeln. Nämlich unter der Wohnzimmerlampe. Angeguckt hat er mich, der Hans, mit seinen kleinen, toten, wässerigen Augen. Die Augen schienen zu sagen: Jetzt ist alles vorbei. Das Leben eines Deutschen ist nicht mehr lebenswert. Jetzt kommen die Amis. Und dann die Gastarbeiter. Aber wart mal, liebe Gerda. Zuerst kommt der Hunger und die Entnazifizierung. Und dann die Währungsreform. Und dann geht's wieder aufwärts. Aber ohne mich, Gerda. Ich will nicht mehr. Ja, es wird wieder aufwärts gehen. Und dann gibt's wieder Schwarzwälder Kirschtorte und Erdbeertorte. Und die Deutschen werden fetter werden und nicht mehr arbeiten wollen. Und dann kommen die Gastarbeiter, um die schwere Arbeit zu machen. Und du wirst einsam werden, Gerda. Und du wirst alt werden. Und immer fetter von der vielen Erdbeertorte. Erdbeertorte mit Schlagsahne.«

»Hör zu, Zibulsky«, sagte Frau Zibulsky. »Mir tut's gar nicht leid um den Hans. Er hat schließlich den jüdischen Flickschneider angezeigt, der nebenan gewohnt hat. Und der hat sich gleich aus dem Fenster gestürzt, als sie ihn abholen wollten. Die Tür haben sie aufgebrochen. Und da lag noch sein schwarzer Hut. Auf dem Fensterbrett. Sie haben ihm den Hut nachgeschmissen, obwohl er ihn gar nicht mehr brauchte. Ja. So war's.«

»Nein. Ich denke heute meistens an Willi. Der war ein lieber, sanfter Mensch. Weiß gar nicht, warum sie so einen nach Stalingrad geschickt haben.«

»Und wie Willi gestorben ist. Möchtest du gerne wissen, was? Na, ich weiß es auch nicht genau. Vielleicht erfroren. Dann eingeschneit. Ich weiß es nicht. Es heißt, daß die Erfrorenen zu Brettern werden. Man kann sie leicht tragen. Manche sehen wirklich wie Holz aus, eingeschneites Holz. Direkt zum Verwechseln; man kann sie zersägen und verheizen. Alles ist schon vorgekommen. Es kann aber auch sein, daß Willi nur verwundet wurde. Und weil es damals keine Ärzte gab, wenigstens nicht für jeden, da ist er vielleicht irgendwo ganz still und leise gestorben, so wie er selber war, so lieb und zärtlich. Oder er ist von einer dieser Katjuschagranaten getroffen worden. Ein Volltreffer vielleicht. Und wenn das so ist, dann gab es damals tausend Willis, ich meine tausend Stücke von ihm oder mehr, von meinem Willi, mein' ich Und eines Tages, so sage ich mir, da wird der liebe Gott alle Stückchen von ihm wieder zusammensetzen. Und wenn das so ist, dann kommt er vielleicht wieder, so jung, wie er war, junggeblieben vom ewigen Eis. Und dann wird er zurückmarschieren. Aus Stalingrad. Und er wird sagen: Hier bin ich, dein Willi. Und ich nehm's dir nicht übel, daß du damals den Hans geheiratet hast und jetzt diesen verdammten Türken. Denn du konntest nicht ewig warten. Und genau hast du's eben nicht gewußt, ich meine: daß ich eines Tages zurückmarschieren würde aus Stalingrad. Und verdammt noch mal, ich habe nichts gegen den Türken. Es gibt ja auch unter ihnen anständige Menschen. Und irgendwie werden wir das mit ihm schon drechseln oder regeln. Der wird das kapieren. Wir schicken ihn dann einfach wieder zurück. Nach Istanbul. Oder Anatolien. Irgendwohin.«

Sie hatte noch lange geredet. Es tat ihr gut. Inzwischen hatte Zibulsky gegessen und beide Flaschen Wein ausgetrunken. Nun schlief er friedlich im Lehnstuhl, schnarchte ein wenig und zuckte ab und zu mit dem Kopf.

»Wir haben nicht mal die Geburtstagstorte angeschnitten«, sagte Frau Zibulsky. »Was machen wir jetzt? Am besten, wir schneiden sie an, wenn du wieder aufwachst.«

Aber Herr Zibulsky wachte nicht auf. Gegen 22 Uhr löschte Frau Zibulsky das Licht, ging leise ins Schlafzimmer, legte sich im Dunkeln aufs Ehebett, das ein wenig wacklig war und alt und voller Erinnerungen. Sie wagte nicht, sich auszuziehen, denn das sollte er tun. Sie wartete bloß mit leisen Schuldgefühlen, ängstlich, einsam, zweifelnd, hoffend. Bald wurde sie müde, und die Augen fielen ihr zu. Sie wollte gar nicht einschlafen, aber die lebenslange Gewohnheit, um diese Stunde schlafen zu gehen, war stärker als Erwartungen und Angst.

Irgendwann in der Nacht hörte sie eine Tür zufallen, und eine Stimme sagte zu ihr: Der ist abgehauen. Einfach weg. Aber sie wachte nicht auf. Sie hob nur den Kopf im Halbschlaf, drehte sich um und schlief wieder ein.

Nein. Es war nicht der Tod, der im Schlaf zu ihr kam. Es war nur ein großes Fragezeichen. Sie sah einen

Schatten ohne Gesicht, im Gewand eines Geistlichen, und sie sah auch den Türken Zibulsky.

»Was treiben Sie da am Hauptbahnhof?«

»Ich suche etwas«, sagte Zibulsky, der plötzlich Deutsch konnte.

»Was suchen Sie denn?«

»Ein Zuhause.«

»Wo ist das?«

»Ich weiß es nicht.«

»Ist es dort, wo ich mein Brot verdiene?«

»Nein.«

»Ist es dort, wo meine Sprache gesprochen wird und wo meine Mutter ein Wiegenlied sang?«

»Dort war es einmal, und es könnte wieder dort sein.«

»Ich kann aber nicht zurück.«

»Dorthin?«

»Dorthin!«

»Dann muß es woanders ein.«

»Wo denn?«

»Ich weiß es nicht.«

»Ist es dort, wo ein junges Mädchen wartet?«

»Auf dich?«

»Natürlich auf mich.«

»Dort könnte es sein.«

»Ist es dort, wo man mich achtet?«

»Vielleicht.«

»Wo mir kein Leid zugefügt wird?«

»Möglich.«

»Wissen Sie es wirklich nicht?«

»Nein.«

»Wo ist dieses Land?«

»Ich weiß es nicht.«

»Soll ich es suchen?«

»Suche, mein Sohn, suche!«

Und Zibulsky ging weit weg und verwandelte sich in einen großen, grauen Schmetterling. Und der Schmetterling flog zurück zum Hauptbahnhof, setzte sich, mit zitternden Flügeln und ein wenig erschöpft, auf einen der vielen Züge. Und fuhr irgendwohin.

Tod des Beamten

»Herr Doktor! Bin ich wirklich in Ihrer Wohnung?«

»Nein, Herr Zibulsky. Es ist umgekehrt. Ich bin in Ihrer Wohnung.«

»Was soll das?«

»Es ist so.«

»Sie machen Witze?«

»Nein, Herr Zibulsky.«

»Wo bin ich?«

»Sie liegen in Ihrem Bett.«

»Und Sie?«

»Ich sitze in Ihrem Kopf.«

»Sie machen mir Angst.«

»Die Angst vergeht.«

»Ich spüre, wie mein Herz klopft.«

»Das ist ein gutes Zeichen.«

»Sie meinen: Solange das Herz klopft, ist man noch jemand?«

»Das mein' ich.«

»Ich fange aber zu schwitzen an!«

»Das sollte Sie nicht beunruhigen.«

»Es stimmt also, daß ich im Sterben liege?«

»Ja, Herr Zibulsky.«

»Das kann aber nicht sein!«

»Warum, Herr Zibulsky?«

»Weil ich Beamter bin und weil ich gebraucht werde.«
»Wer braucht Sie?«
»Der Staat.«
»Der hat Sie nie wirklich gebraucht, Herr Zibulsky.«
»Bin ich ersetzbar?«
»Einer wie Sie ist immer ersetzbar.«
»Das hab' ich nie gewußt.«
»Jetzt wissen Sie es.«

»Bin ich allein?«
»Sie sind ganz allein.«
»Kann ich noch reden?«
»Nein.«
»Kann ich noch sehen?«
»Das auch nicht.«
»Bin ich wirklich ganz allein?«
»Ja.«
»Wo sind meine Verwandten?«
»Die stehen an Ihrem Bett.«
»Dann bin ich also nicht allein?«
»Doch, Herr Zibulsky.«
»Was machen meine Verwandten an meinem Bett?«
»Sie warten drauf, daß Sie abkratzen.«
»Wollen alle mein Geld?«
»Natürlich. Sie waren ja ein Sparer.«
»Das stimmt.«
»Na, sehen Sie.«
»Wollen sie auch mein Haus?«
»Das auch.«
»Und meine Möbel?«
»Auch die Möbel.«
»Wie ist's mit dem Perserteppich, der nur zum Angucken da war, weil ich ihn geschont hab'?«
»Den auch.«
»Und das Auto?«

»Auch das Auto.«
»Und meine Briefmarkensammlung?«
»Auch die Briefmarkensammlung.«
»Sogar die?«
»Ja.«
»Sind meine Kollegen hier?«
»Nur einer.«
»Wer?«
»Ihr Nachfolger.«
»Betet er für mich?«
»Ja.«
»Was betet er?«
»Er flüstert die ganze Zeit: ›Lieber Gott, laß ihn schneller abkratzen.‹«
»Zum Teufel mit ihm.«
»Beruhigen Sie sich, Herr Zibulsky.«
»Ja, Herr Doktor.«

»Ich war vierzig Jahre lang Beamter.«
»Das weiß ich, Herr Zibulsky.«
»Beim Finanzamt.«
»Das ist mir bekannt.«
»Ich habe keinen Tag gefehlt.«
»Alle Achtung!«
»Habe immer meine Pflicht erfüllt.«
»Ja, Herr Zibulsky.«
»Hab' ich das verdient?«
»Ja, Herr Zibulsky.«

»Sie haben nie geheiratet, Herr Zibulsky.«
»Ich war mit dem Staat verheiratet.«
»Aber Sie hatten einen Hund?«
»Den hab' ich immer noch.«
»Der Hund wird um Sie trauern.«
»Nur der Hund?«

»Herr Doktor! Liege ich wirklich im Sterben?«
»Ja, Herr Zibulsky.«
»Aber ich habe doch noch so viel zu erledigen!«
»Dazu ist es jetzt zu spät.«
»Ich habe mein ganzes Leben lang nichts erledigt.«
»Das weiß ich, Herr Zibulsky.«
»Obwohl das nicht ganz stimmt, Herr Doktor. Ich habe auch Dinge erledigt. Aber nicht die wesentlichen. Die hab' ich immer aufgeschoben.«
»Ja, Herr Zibulsky.«
»Erst jetzt fällt es mir ein.«
»Zum Beispiel, Herr Zibulsky?«

»Ich wollte nämlich Lokomotivführer werden!«
»Wann war das?«
»Als kleiner Junge.«
»Sind Sie's geworden?«
»Ja. Als Fünfjähriger.«
»Das muß ein erhabenes Gefühl gewesen sein für einen Fünfjährigen.«

»So richtig erhaben, Herr Doktor. Ich raste als Lokführer durch die ganze Welt. Sogar übers Mittelmeer nach Afrika. Bis in den Busch zu den Hottentotten. Die begrüßten mich mit Geschenken und machten mich gleich zum Häuptling.«
»Sprechen Sie ruhig, Herr Zibulsky.«
»Ich war auch Pilot.«
»Wann war das?«
»Ebenfalls als Fünfjähriger. Ich raste im Sturzflug über unseren Kindergarten. Das hätten Sie mal sehen sollen, Herr Doktor: wie die Kinder schrien vor Verzückung … und auch vor Angst … ja, vor allem vor Angst … wie sie auseinanderstoben beim Ringelreihentanz und wie sie riefen: ›Da seht mal! Da kommt der große Zibulsky.‹«

»In der Schule war ich ein Held. Ich schlug alle Kinder, die mich hänselten, krumm und lahm. Dann auch den Lehrer und den Schuldirektor. Ich bepinkelte die Schulhefte, pflanzte einen Kaktus auf den Stuhl des Lehrers, begoß ihn tagtäglich, damit er kräftig wuchs, schmierte Schweineschmalz auf Schiefertafeln, Kreidespitzen, Federstiele, Federn und Bleistifte. Ich goß Benzin und Phosphor in Tintenfässer, machte Molotowcocktails daraus, obwohl der Name Molotow damals noch nicht bekannt war, und sprengte die ganze Schule in die Luft.«

»Das sind Träume, Herr Zibulsky. Geben Sie's doch zu, daß das alles nicht stimmt. Sie waren der Schwächste in der Klasse und trugen außerdem 'ne Brille. War es nicht so?«

»Ja, Herr Doktor.«

»Sie träumten von Rache und Macht?«

»Ja, Herr Doktor.«

»Später, als Erwachsener, als Sie Beamter wurden, Beamter im Finanzamt, da konnten Sie ein bißchen Macht ausüben, aber nicht genug, denn auch dort gab es Stärkere?«

»Meine Vorgesetzten.«

»Und mit der Rache hat es auch nicht immer geklappt. Denn schließlich waren Sie an festgelegte Gesetze gebunden?«

»Leider.«

»Sie schlugen hart zu, erbarmungslos, wenn Sie mal einen erwischten, einen armen Sünder, mein' ich – einen Steuerzahler – bei 'ner Steuerhinterziehung oder so was?«

»Ich schlug erbarmungslos zu.«

»Aber das passierte nicht oft genug?«

»Diesen Spaß hat man nicht jeden Tag.«

»Wenn Ihnen mal keiner ins Netz ging, dann kriegten Sie Magenschmerzen?«

»Manchmal auch Rückenschmerzen.«
»Und Ihre Stimme veränderte sich?«
»Sie wurde piepsig.«
»Sie wurden sich Ihrer Ohnmacht bewußt?«
»Ja.«

»Hören Sie, Herr Zibulsky! Hören Sie gut zu: Möchten Sie Ihr Leben noch einmal leben?«

»Ja, Herr Doktor. Aber nicht als derselbe Zibulsky.«

»Wären Sie gerne ein anderer Zibulsky?«

»Ja, Herr Doktor.«

»Aber die anderen Zibulskys haben es auch nicht leicht.«

»Glauben Sie?«

»Jeder Zibulsky trägt seine Krücken.«

»Da bin ich also nicht der einzige?«

»Bestimmt nicht.«

»Ich möchte trotzdem ein anderer Zibulsky sein. Ich möchte alles wagen, was ich nicht gewagt habe.«

»Zum Beispiel, Herr Zibulsky?«

»Ich möchte meine Vorgesetzten anbrüllen!«

»Aber doch nicht mit 'ner Piepstimme?«

»Ich möchte jeden Tag mit Verspätung ins Büro kommen!«

»Da sind Sie gerade der Richtige!«

»Ich möchte während der Stoßzeit Schach spielen!«

»Aber Herr Zibulsky. Das grenzt ja fast an Sabotage.«

»Ich möchte Ferien machen, wann es mir paßt!«

»Das kann doch wohl nicht Ihr Ernst sein?«

»Herr Doktor! Ich möchte meiner Putzfrau den Finger in den Arsch stecken!«

»Beim Putzen?«

»Woher wissen Sie das?«

»Ich bin Ihr Doktor. Ich weiß alles.«

»Meine Putzfrau ist nämlich jung, wissen Sie. Sie ist Studentin und putzt nur so nebenbei. Sie hat Beine, wie meine Mutter sie hatte, bevor ich gezeugt wurde. Und auch die Brüste, so klein und straff. Ihre Hüften sind schmal, aber nicht knochig, und ihr Hintern unter den blauen Jeans verbirgt ein Geheimnis.«

»Herr Doktor! Ich bin ein korrekter und bürgerlicher Mensch.«

»Ja, Herr Zibulsky.«

»Einer, der nicht viel gewagt hat in diesem Leben.«

»Ja, Herr Zibulsky.«

»Nur meine Wünsche wagten so manchen Sprung.«

»Wollen Sie beichten?«

»Ja.«

»Wie lange wird die Beichte dauern?«

»Lange.«

»Dann ist es jetzt zu spät.«

»Herr Doktor! Ich möchte all meine Versäumnisse nachholen!«

»Das geht nicht, Herr Zibulsky.«

»Kann ich nicht noch mal von vorne anfangen?«

»Nein, Herr Zibulsky.«

»Warum?«

»Weil die Uhren nur vorwärts laufen.«

»Ich möchte noch schnell herausfinden, ob ich ein richtiger Mann war.«

»Hatten Sie manchmal Potenzschwierigkeiten?«

»Nicht beim Onanieren.«

»Nur, wenn Sie bei einer Frau waren?«

»Ja.«

»Da hat es wohl nie so richtig geklappt?«

»Halbwegs, würde ich sagen.«
»Stand irgendwas dazwischen?«
»Ja, Herr Doktor. Das Finanzamt. Das spukte fast immer in meinem Kopf rum.«

»Auch wenn Sie bei einer Frau waren?«
»Da ganz besonders, weil da was von mir verlangt wurde.«
»Sie hatten im Grunde nur Angst vor dem Staat, Herr Zibulsky, obwohl Sie den Staat vertreten haben.«
»Was hat das mit meiner Potenz zu tun?«
»Sehr viel, Herr Zibulsky. Angst lähmt.«
»Die verdammte Angst des gewissenhaften Beamten!«
»Die Angst, Fehler zu machen!«
»Diese Angst hat mich nie losgelassen.«
»Besonders, wenn's irgendwann um 'ne Kraft- oder Beweisprobe ging?«
»Ja, Herr Doktor.«
»Und so klappte es eben nie so richtig mit einer Frau?«
»Nie so richtig.«
»Sie hätten lieber mal den Staat in den Arsch treten sollen. Das hätte geholfen.«
»Wie tritt man den Staat in den Arsch?«

»Herr Doktor! Ich möchte mir endlich mal Luft machen!«
»Da müssen Sie sich aber beeilen!«
»Hab' ich so wenig Zeit?«
»Nur noch ein paar Minuten.«
»Nicht mehr?«
»Nicht mehr!«

»Herr Doktor! Ich möchte selber mal Steuern hinterziehn und auf diese Weise den Staat in den Arsch treten! Herr Doktor! Ich möchte mal den Chaoten spielen, um auch mal laut sagen zu dürfen: Ich scheiß' auf den Staat!«

»Herr Zibulsky! Herr Zibulsky! Sie haben nicht mehr viel Zeit!«

»Was wollen Sie noch von mir?«

»Ich wollte Sie nur dran erinnern, daß Sie morgen Geburtstag haben!«

»Den fünfundsechzigsten?«

»Ja.«

»Ist morgen nicht Sonntag?«

»Morgen ist Sonntag.«

»Und übermorgen Montag?«

»Übermorgen ist Montag.«

»Herr Doktor! Kommenden Montag werde ich pensioniert! Endlich kann ich in den Ruhestand treten. Der Staat hat es versprochen! ›Zibulsky‹, hat der Staat gesagt, ›wenn du ein Leben lang brav für uns schuftest, dann kannst du einen ruhigen und bequemen Lebensabend genießen. Ab fünfundsechzig kriegst du dann deine verdiente Pension. Keine Sorgen mehr, Zibulsky. Sicherheit!‹«

»Herr Doktor! Mein ganzes Leben hab' ich für den kommenden Montag gearbeitet. Warum nimmt man mir diesen Tag weg?«

»Ich weiß es nicht.«

»Ist das die Sicherheit in diesem Leben, für die ich vermarktet wurde?«

»Ja, Herr Zibulsky.«

»Herr Doktor! Herr Doktor!«

»Was ist, Herr Zibulsky?«

»Ich höre Gelächter! Was kann das sein?«

»Was kann das sein?«

SA-Mann Zibulsky oder Harmloser Faschismus

»Sie dürfen jetzt furzen, Herr Zibulsky!«
»Ohne Gewissensbisse?«
»Ja.«
»Sind Sie mein Doktor?«
»Ich bin der Notarzt.«

»Wie fühlen Sie sich, Herr Zibulsky?«
»Ich fühle mich noch etwas schwach.«
»Das kommt davon.«
»Wovon?«
»Von der langen Ohnmacht.«
»Was muß ich machen, um wieder zu Kräften zu kommen?«
»Nicht mehr dran denken.«
»Woran?«
»An den Grund.«
»An welchen Grund?«
»Der Sie ohnmächtig werden ließ.«
»Ich denke doch gar nicht mehr dran.«
»Dann ist ja alles in Ordnung.«

»Darf ich Kartoffelsuppe essen?«
»Das dürfen Sie.«
»Auch Bohnensuppe?«
»Die auch.«

»Damit ich wieder zu Kräften komme?«

»Ja.«

»Davon krieg' ich aber Blähungen.«

»Das macht nichts.«

»Von den Blähungen werd' ich aber jedesmal ohnmächtig!«

»Das bilden Sie sich nur ein.«

»Sie glauben, es gäbe da einen anderen Grund?«

»Natürlich.«

»Versuchen Sie sich zu erinnern, Herr Zibulsky. Wann wurden Sie zum erstenmal in Ihrem Leben ohnmächtig?«

»Im Jahre 1933, Herr Doktor.«

»Wo war das?«

»Im Zirkus.«

»In welchem Zirkus?«

»Den die Nazis gemietet hatten.«

»Wofür?«

»Für eine Massenversammlung.«

»Zu welchem Zweck?«

»Um den Sieg zu feiern.«

»Waren Sie ein Nazi?«

»Selbstverständlich.«

»Was für einer?«

»Ein überzeugter.«

»Ich stand dort in voller Uniform. Sie verstehen schon, was ich meine: in meiner schmucken, braunen Uniform, Stiefeln, Sturmmütze, Sturmriemen, Hakenkreuzbinde und so manchem mehr. Vollgepackt war der Zirkus mit Nazis, die alle so aussahen wie ich. Dichtgedrängt standen wir, um den Gauleiter zu hören. Ich wollte brüllen: ›Deutschland erwache! Juda verrecke! Schlagt die Roten tot!‹ Das wollte ich laut brüllen, verstehen Sie, damit es jeder hören könnte. Aber ich wollte auch Verschiedenes brüllen, so zwischen den Zähnen, was keiner hören könnte, nur ich. Zum Beispiel: ›Die Ursel soll mich am Arsch lecken! Mein Vater soll sich aufhängen!‹«

»Haben Sie gebrüllt?«

»Nein, Herr Doktor.«

»Warum?«

»Weil ich warten mußte, bis die anderen brüllten. Und die anderen mußten warten, bis der Gauleiter mit seiner Rede fertig war. Ich konnte aber nicht warten. Ich kriegte Blähungen und Bauchschmerzen. Mir wurde übel. Mein Atem wurde kurz. Und plötzlich fiel ich um.«

»War das so?«

»So war's.«

»Soll ich Ihnen noch mehr von damals erzählen?«

»Nein.«

»Was wollen Sie hören?«

»Wie es heute war.«

»Als ich im Fußballstadion ohnmächtig wurde?«

»Ja.«

»Herr Doktor!«

»Ja, Herr Zibulsky.«

»Ein anständiger Mensch ist Frühaufsteher.«

»Das stimmt, Herr Zibulsky.«

»Deswegen steh' ich immer früh auf.«

»Ja, Herr Zibulsky.«

»Außer am Sonntag.«

»Natürlich.«

»Weil ein anständiger Mensch das Recht hat, am Sonntag länger zu schlafen.«

»So ist es.«

»Ohne gleich Gewissensbisse zu kriegen.«
»Richtig.«
»Und heute ist nämlich Sonntag.«
»Ja.«
»Soll ich Ihnen erzählen, was mir an diesem Sonntag passiert ist?«
»Erzählen Sie's mir ruhig, Herr Zibulsky.«

»Herr Doktor! Ich bin erst um elf Uhr aufgewacht. Hab' zu mir gesagt: Zibulsky. Heute ist Sonntag. Mach dir nichts draus. Heute ist es erlaubt. – Bin also aufgestanden und hab' meine Frau gesucht. Keine Spur von ihr. Einfach abgehauen, ohne mir was zu sagen. ›Na, vielleicht ins Schreberhäuschen‹, hab' ich zu mir gesagt. Zum Teufel mit ihr. Sicher ist sie in unserem Schreberhäuschen, das ich, Zibulsky, selber gebaut habe. Vielleicht hat sie dort was zu tun. Saubermachen und so fort. Auch Vorbereitungen für ihr Kaffeekränzchen, das immer nur nachmittags stattfindet, manchmal auch sonntags.«

»Ich schlafe nicht nackt, Herr Doktor, oder gar in meinen Unterhosen. Als anständiger Mensch schlafe ich in einem echten baumwollenen Schlafanzug. Ich zog also erst mal den Schlafanzug aus, schlüpfte in die Pantoffeln oder Hausschuhe – obwohl es heutzutage keine richtigen Hausschuhe mehr gibt – und ging ins Badezimmer, um mich zu rasieren, auch zu pinkeln und natürlich zu baden, so wie jeden Sonntag, denn bei uns wird nur sonntags gebadet, so wie das eben üblich ist.«

»Um die Geschichte kurz zu machen, Herr Doktor. Als ich wieder aus dem Badezimmer rauskam, frisch und sauber und rasiert und gebadet und prustend und gutgelaunt und mit steifem Pimmel trotz meiner siebenundsechzig Jahre, da stellte ich fest, daß alle meine Unterhosen verschwunden waren. Ich suchte verzweifelt und fand heraus, daß nicht nur die Unterhosen, sondern sämtliche Hemden, Strümpfe, Schuhe, sogar meine Anzüge und Hosen weg waren. Wie verhext. Können Sie das verstehen, Herr Doktor?«

»Das kann ich nicht verstehen, Herr Zibulsky.«

»Ich konnte das auch nicht verstehen, Herr Doktor. Aber bald hatte ich es kapiert. Meine Frau hatte sämtliche Anzüge und Hosen und Schuhe und Strümpfe und sonstige Wäsche ins Schreberhäuschen gebracht.«

»Warum, Herr Zibulsky?«

»Um mir einen Streich zu spielen.«

»Ohne Ihnen etwas zu sagen?«

»So ist es.«

»Wann soll sie das gemacht haben?«

»Sonntag in aller Früh.«

»Während Sie noch schliefen?«

»Richtig.«

»Alleine?«

»Das weiß ich nicht. Aber ich glaube, daß ihr mein Schwager dabei geholfen hat.«

»Und das alles, während Sie schliefen?«

»Ja.«

»Meine Frau hat sich schon oft an mir gerächt, weil ich ab und zu mal fremdgehe.«

»Es ist also nicht das erste Mal?«

»Nein.«

»Hat sie schon mal so was gemacht?«

»So was noch nie.«

»Sie ist diesmal ein bißchen zu weit gegangen.«

»Das finde ich auch.«

»Wie rächt sie sich sonst?«

»Sonst nur mit ihrer bösen Zunge.«

»Zum Beispiel?«

»Sie sagt zum Beispiel: ›Dein Schwanz ist alt.‹«

»Stimmt das?«

»Nur im Ehebett.«

»Noch was?«

»Sie spottet über meine Glatze, meine krummen Beine, meinen dicken Bauch und meine Blähungen.«

»Das ist schlimm.«

»Das ist sehr schlimm.«

»Herr Doktor! Meine Frau hatte mich eingesperrt, obwohl der Wohnungsschlüssel auf dem Küchentisch lag.«

»Weil Sie nichts zum Anziehen hatten?«

»Stimmt.«

»Sie standen nackt in der Wohnung?«

»Jawohl.«

»Nackt und verzweifelt?«

»Sie haben es richtig erraten. Keine Strümpfe, keine Hemden, keine Unterhosen, keine Schuhe, kein Anzug und keine einzige Jacke oder Hose.«

»Auch kein Pullover?«

»Auch nicht.«

»Was haben Sie gemacht?«

»Ich versuchte zu telefonieren, um Freunde um Hilfe zu rufen, aber da war niemand zu Hause. Ich rief meine Stammkneipe an, aber dort war's immer besetzt, oder das Telefon funktionierte nicht. Auf jeden Fall kriegte ich keine Verbindung.«

»Eine peinliche Situation.«

»Ich band mir ein Handtuch um die Lenden, schlich aus der Wohnung und klopfte bei den Nachbarn.«

»Da war wohl keiner da?«

»Kein Mensch zu Hause.«

»Sie schlichen in Ihre Wohnung zurück?«
»Ja. Dabei verlor ich das Handtuch.«
»Peinlich.«
»Es hat mich ja keiner gesehen.«
»Sie waren also wieder in der Wohnung und in derselben Situation?«
»Ja. Ich ging zum Kühlschrank, um wenigstens was zu frühstücken.«
»Der Kühlschrank war natürlich leer?«
»Woher wissen Sie das?«
»Das kann man sich denken.«
»Genauso war's, Herr Doktor. Ein leerer Kühlschrank. Nicht mal Kaffee war da.«
»Steht der im Kühlschrank?«
»Nein, der steht in der Speisekammer.«
»War die auch geleert?«
»Ja, Herr Doktor.«

»Ich kann mir Ihre Verzweiflung bildlich vorstellen, Herr Zibulsky.«
»Nackt und hungrig stand ich in der Küche.«
»Ja, Herr Zibulsky.«
»Wütend.«
»Verständlich.«
»Hatte auch Angst, denn ich sagte zu mir: Wenn du dein Problem nicht löst, kriegst du wieder Blähungen.«
»Haben Sie die bekommen?«
»Nein, Herr Doktor.«

»Zuerst wollte ich vor Wut nackt aus dem Fenster springen, aber dann hab' ich zu mir gesagt: Immer mit der Ruhe, Zibulsky. Guck doch mal in der Mottenkiste auf dem Hängeboden nach, ob da nicht noch was zum Anziehen drinliegt.«
»Haben Sie dort nachgeschaut?«

»Ja, Herr Doktor.«
»Und haben etwas gefunden?«
»Natürlich, Herr Doktor.«

»Dort lag sie, Herr Doktor: meine alte SA-Uniform aus dem Jahre 1933. Bis 1945 hat sie gehalten. Dann ließ ich sie reinigen, bügeln und legte sie in die Mottenkiste. Auch die Sturmmütze war da, der Sturmriemen, die Hakenkreuzbinde, die Abzeichen und alles drum und dran.

Sogar die SA-Stiefel lagen dabei, auf Hochglanz poliert, mit Zeitungsknäueln zugestopft, damit sie nicht knittern.«
»Eine tolle Sache, Herr Zibulsky.«
»Ja, Herr Doktor.«

»Herr Doktor! Ich packte alles aus der Mottenkiste aus und zog mich an, ohne Unterhosen, versteht sich, denn die hatte ich nicht. Bald stand ich vor dem großen Wandspiegel und betrachtete mich. Kriegte feuchte Augen vor Rührung, verstehen Sie. Denn da stand SA-Mann Zibulsky, so wie er leibt und lebt, nur etwas älter und wackliger geworden. Hab' zu mir gesagt: Zibulsky. Jetzt gehst du erst mal in die Eckkneipe zu den Kameraden. Das Schreberhäuschen kann warten.«

»Um die Mittagszeit war niemand auf der Straße. Nur ein paar Autos hupten, als sie an mir vorbeifuhren, ich nehme an, um meine Uniform zu ehren. Kurz vor der Eckkneipe kam eine Rockergruppe auf ihren Motorrädern angesaust. Sie hielten an, und einer von ihnen sagte: ›Na, Opa, wo hast du denn diese tollen Stiefel her?‹
›Die hab' ich eben‹, sagte ich.
›Wo hast du die gekauft?‹

›Die hat mir die Partei damals geschenkt.‹
›Hast wohl Beziehungen gehabt?‹
›Richtig.‹
›Von welcher Partei redest du eigentlich?‹
›Von der Nationalsozialistischen Deutschen Arbeiter Partei.‹
›Du meinst die Gaskammerpartei?‹
›Die mein' ich.‹«

»Die Kameraden in der Eckkneipe waren schon besoffen, als ich ankam. Sie begrüßten mich mit lautem ›Sieg Heil‹. Einer fragte: ›Sind wir wieder da?‹
›Ich bin noch da‹, sagte ich.
›SA-Mann Zibulsky?‹
›Jawohl‹, sagte ich.«

»Ich frühstückte dort in der Kneipe und ließ mich dann vollaufen. ›Worum geht's eigentlich, Kamerad Zibulsky?‹ fragte mich einer der Jungs, der so alt war wie ich, siebenundsechzig nämlich, fragte: ›Ja, Mensch, Zibulsky. Worum geht's eigentlich?‹
›Es geht um die Juden und die Ausländer‹, sagte ich.
›Und was noch?‹
›Um deutsches Reichsgebiet vom Jahre 1937. Um deutschen Lebensraum im Osten. Um den Anschluß Österreichs. Es geht um die Gefahr einer Bolschewisierung Europas. Und um deutsche Ehre.‹
›Was ist mit der Neutronenbombe?‹
›Welche Neutronenbombe?‹
›Die man hier ausprobieren will.‹
›Wo?‹
›In Deutschland.‹
›Das weiß ich nicht.‹
›Das kapierst du nicht, was?‹
›Das kapier' ich nicht.‹«

»›Du scheinst überhaupt nichts zu kapieren, Zibulsky‹, sagte die Kneipenwirtin, die nicht ganz so besoffen war wie wir. ›Ich scheiß' auf den Lebensraum im Osten und die Reichsgebiete von damals. Ich glaube nicht an die Bolschewisierung Europas, und der Anschluß Österreichs ist mir völlig schnuppe. Die Juden stören mich zwar, obwohl man sie kaum noch sieht, ebenso wie die Ausländer, von denen es zu viele gibt, aber die sind nicht so wichtig. Mich kümmern nur die Neutronenbomben und die Kernkraftwerke. Die machen mir Angst.‹ Ich sagte: ›Scheiß auf die Kernkraftwerke und die Neutronenbomben.‹

›Es gibt wichtigere Dinge, Zibulsky, als deine Spinnereien von anno dazumal.‹

›Was für wichtigere Dinge?‹

›Die Probleme von heute.‹

›Etwa den Scheiß mit den Kernkraftwerken und den Neutronenbomben?‹

›Und einiges mehr.‹

›Das sind nicht meine Probleme.‹

›Ihr solltet lieber demonstrieren!‹

›Etwa mit den Kommunisten?‹

›Ohne Kommunisten.‹

›Nur die Kommunisten demonstrieren.‹

›Du kapierst überhaupt nichts, Zibulsky.‹

›Halt lieber dein Maul.‹

›Wie meinst du das?‹

›Dein Kommunistenmaul.‹«

»Ich soff noch mehr, torkelte dann in den Hinterhof, um mich zu übergeben. Dort traf ich einen kleinen Jungen, der mit Puppen spielte.

›Ein Junge spielt nicht mit Puppen‹, sagte ich, nachdem ich gekotzt hatte. ›So was tun nur kleine Mädchen.‹

›Ich bin aber kein Mädchen‹, sagte der kleine Junge.

›Doch. Du bist ein Mädchen‹, sagte ich.
›Ich bin keins‹, sagte der Junge.«

»›Woher kommst du eigentlich, Opa?‹
›Ich komm' aus der Kneipe.‹
›Das stimmt nicht.‹
›Warum soll das nicht stimmen?‹
›Du kommst aus der Oper.‹
›Was für 'ne Oper?‹
›Von der meine Mutti erzählt hat.‹
›Wie kommst du darauf?‹
›Weil du so 'n komischen Anzug trägst.‹
›Das ist kein Anzug. Das ist eine Uniform.‹
›Was für 'ne Uniform?‹
›Eine von damals.‹
›Wann war das?‹
›Vor deiner Zeit.‹
›Und die lebt noch?‹
›Du meinst die Uniform?‹
›Ja, Opa.‹
›Natürlich lebt sie noch.‹
›Und die hat sich auch nicht verändert?‹
›Uniformen ändern sich nicht. Genausowenig wie die, die sie tragen. Man kann sie zuweilen ein bißchen ummodeln, sozusagen der Zeit anpassen, verstehst du, aber im Grunde bleiben sie immer dieselben.‹
›Hast du dich verändert, Opa?‹
›Das weiß ich nicht.‹
›Wieso weißt du das nicht?‹
›Wenn ich besoffen bin, dann bin ich derselbe wie damals.‹
›Und wenn du nicht besoffen bist?‹
›Dann werd' ich nachdenklich.‹
›Wie ist das?‹
›Dann stell' ich Fragen und weiß keine Antwort.‹«

»Gegen vierzehn Uhr borgte mir die Kneipenwirtin einen Regenmantel. Ich zog ihn aber nicht an.

›Wohin gehst du, Zibulsky?‹

›Ich weiß es noch nicht.‹

›Ins Schreberhäuschen?‹

›Ich weiß es nicht.‹

›Paß auf, Zibulsky!‹

›Warum?‹

›Wenn du in deiner Uniform durch die Straßen marschierst, dann wird dich ’ne Funkstreife mitnehmen.‹

›Das kann sein.‹

›Zieh lieber den Regenmantel an.‹

›Ich werde es mir überlegen.‹«

»Ich zog den Regenmantel an und marschierte los. Auf der Straße zauberte ich unsichtbare Hakenkreuzfahnen an alle Fenster. Dort, wo die Straßenbahn fuhr, sah ich Transparente: Ein Volk, ein Reich, ein Führer. Ich summte leise vor mich hin: Kameraden, die Rotfront und Reaktion erschossen … An der nächsten Haltestelle sprang ich auf die abfahrende Straßenbahn.«

»›Ich heiße Zibulsky‹, sagte ich zu dem Straßenbahnschaffner, ›und bin der letzte SA-Mann in Uniform.‹ Ich fügte vorsichtig hinzu: ›Wenigstens der letzte in dieser Stadt.‹

›SA-Mann?‹

›Unter dem Regenmantel‹, sagte ich. ›So ist das nämlich: nur auf der Straße getarnt und unter den Leuten.‹

›Was ist ein SA-Mann?‹

›Sie sind zu jung‹, sagte ich. ›Was wissen Sie davon!‹

›Wollen Sie eine Fahrkarte?‹

›Jawohl.‹

›Wohin?‹

›Zur Endstation.‹

›Dort fahren heute alle Leute hin.‹
›Was ist dort los?‹
›Dort ist ein Fußballstadion.‹
›Ist heute ein Fußballspiel?‹
›Wissen Sie das nicht?‹
›Nein.‹
›Das größte Spiel der Saison.‹
›Ist die Straßenbahn deshalb so überfüllt?‹
›Jawohl.‹«

»Man sagte mir im Fußballstadion, daß heute die Braunen gegen die Roten spielen, ein Spiel von Weltbedeutung.

›Die Braunen gegen die Roten?‹ fragte ich erstaunt, auch, um mich nochmals zu vergewissern.

›Die Braunen gegen die Roten.‹

›Das freut mich‹, sagte ich.

›Bist du ein Fan von uns, Opa?‹

›Was ist ein Fan?‹

›Ein Fan von uns ist einer, der für uns ist.‹

›Ich bin ein Brauner‹, sagte ich.

›So ist's gut, Opa.‹

›Ich war immer ein Brauner‹, sagte ich, ›und bin auch heute einer.‹

›Dann setz dich zwischen die braunen Schlachtenbummler auf dieser Seite des Stadions.‹

›Auf der Sonnenseite?‹

›Ja, Opa.‹

›Und wer sitzt drüben auf der anderen Seite des Stadions … im Schatten?‹

›Die Roten. Das heißt: ihre Fans.‹

›Die Roten?‹

›Ja.‹

›Die sieht man ja kaum!‹

›Die hört man auch nicht, wenigstens nicht hier auf dieser Seite des Stadions.‹

›Ich bleib' auf der Sonnenseite und werde mich gleich zwischen die Braunen setzen. Ist doch klar.‹

›Dann ist's ja gut, Opa.‹«

»Und so setzte ich mich zwischen die Braunen. Es war so ähnlich wie damals im Jahre 1933, als wir den Sieg im Zirkus feierten, den Sieg der Braunen über die Reaktion. Die Gesichter der vielen Menschen schienen dieselben zu sein. Auch der Atem der Menge war derselbe und die Spannung, die in der Luft hing. Damals warteten wir auf die Nachricht vom Sieg, der zwar gewiß war, aber bestätigt werden mußte. Und wir warteten darauf, losbrüllen zu dürfen, um den aufgestauten Haß der Jahre hinter uns mit unseren heiseren Stimmen in den Himmel zu posaunen.

Die Menge war ruhig vor dem Spiel, aber das war eine Täuschung. Ich spürte den Gestank aus Tausenden von Stiefeln und Schuhen, Gestank, der auch aus Achselhöhlen kam, aus schleimigen, zum Brüllen bereiten Kehlen und schwitzenden, erregten Geschlechtsteilen. Als die Spieler aufs Feld liefen, um sich aufzustellen, brach der erste verhaltene Jubel los. Noch hielt sich die Menge zurück. Auch während der ersten Spielminuten. Ab und zu erschollen zwar Rufe aus den Reihen der braunen Sprechchöre wie: ›Nieder mit den Roten! Schlagt die roten Bestien tot!‹ Oder: ›Reißt den Roten den Arsch auf!‹ Aber das war noch gar nichts im Vergleich zu dem, was da kommen sollte. Als die Roten, die anfangs defensiv gespielt hatten, konterten und zur Offensive übergingen, rollte ein Grollen über die Zuschauertribüne auf der braunen Seite des Fußballstadions, hysterische Schreie durchstießen die Luft. Irgendwo brach eine Schlägerei los. Polizeisirenen heulten. Dann änderte sich der Kampf auf dem Feld. Die Braunen bekamen das Spiel in den Griff. Es war alles klar: Es war der Triumph des stärkeren Willens. Die Menge fing plötzlich zu singen an, auch dort, wo ich saß. Die braunen Schlachtenbummler schwenkten kleine Fahnen und rissen sich die braunen Hüte vom Kopf. Eine Gruppe in meiner Nähe stimmte ein bekanntes Lied an: ›Wir werden weiter marschieren, wenn alles in Scherben fällt ...‹ Jemand lachte. Einer neben mir sagte: ›Wenn die Braunen das erste Tor schießen, wichs' ich mir einen ab.‹«

»Und dann fiel plötzlich das erste Tor. Ein Mann mit Schnauzbart und Stirnlocke, der Mannschaftskapitän, hatte es geschossen. Die Menge zuckte zusammen. Ich sah, wie unzählige erstaunte Münder auf- und zuklappten, dann nur noch offenstanden, wie Kniekehlen weich wurden und sich plötzlich strafften, wie es zu leuchten begann in den Gesichtern, die keine Gesichter mehr waren, sondern formlose Knochen und Fleisch und Lust und Sinnlichkeit und Höhepunkt, ich sah, wie sich in jedem die Wut löste, die Wut, die im Bauch saß, ich sah, wie sich allmählich ein einziger Schrei formte, der in vielen Kehlen saß, ich sah, wie die Vögel über dem Stadion erschraken, wie sich die Sonne verdunkelte, wie die Häuser am Stadtrand erzitterten, als käme ein Erdbeben heran, nicht tief aus der Erde, sondern aus den Eingeweiden der Fußballfans.«

»Die Menge begann, laut zu toben und zu jubeln. Immer dicker wurde die Luft, obwohl die Spannung gelöst war. Ich atmete nur noch Gestank. Der Orgasmus der Menge hatte auch mich ergriffen, und ich begann, am ganzen Körper zu zittern. Es krachte und rumorte in meinen Eingeweiden. Die Blähungen! Ich wollte brüllen, laut brüllen, aber ich konnte nicht. Denn ich hatte das Brüllen verlernt.«

»Und da tobte und sauste es in meinen Ohren. Ich hörte Schreie wie: Deutschland erwache! Juda verrekke! Einzelne murmelten fast unhörbar: ›Meine Frau hat mich betrogen.‹ Sie murmelten, und dann brüllten sie es heraus. ›Meine Frau hat mich betrogen! Meine Kollegen lachen mich aus! Ich werde mich rächen! Ich will mich rächen!‹ – Andere schrien: ›Ich bin schwul, und ich möchte meinen Chef in den Arsch ficken!‹ – Andere: ›Ich möchte in eine Sexbar gehen und trau' mich nicht!‹ – Oder: ›Ich will meine Spargroschen nicht mit dem Staat teilen!‹ – Oder: ›Ich will im Sommer nackt auf dem Balkon stehen und meine Blumen begießen!‹ – Oder: ›Ich möchte mal nachmittags auf offener Straße den Schwanz in die Hand nehmen.‹ – Oder: ›Ich möchte meinem Vater sagen, daß er ein Arschloch ist!‹«

»Brüll es heraus, sagte ich zu mir. Wenn Hunderttausend brüllen, dann hört dich keiner. Hier im Fußballstadion hast du deine große Chance. Versuch's doch noch einmal. Brüll es heraus. Brülle: Meine Frau hat mich verhöhnt! Sie hat mich eingesperrt! Nackt stand ich in der Küche. Splitternackt. Beschämt und verzweifelt. Und dazu ohne Frühstück! Man sollte sie als Hexe verbrennen! Ja, genau. Einfach den Scheiterhaufen anzünden! Ich werde ihn anzünden, ich, Zibulsky. Ich werde lachend zu ihr sagen: Na, wo hast du denn meine Sachen versteckt? Vor allem meine Unterhosen? Raus mit der Sprache! – Ja, Zibulsky, sagte ich zu mir. Brüll es heraus. Brüll es richtig und laut heraus. Aber das konnte ich nicht. Konnte einfach nicht mehr brüllen. Hatte es eben verlernt. Die Blähungen nahmen zu, auch die Bauchschmerzen. Mir wurde schwindlig. Und dann wurde mir schwarz vor den Augen, und ich sackte um.«

»Ein paar Schlachtenbummler trugen mich weg. Sie legten mich hinter das braune Tor. Dort lag ich lange, bis ich erwachte.«

»Der Torhüter sprach zu mir durchs Netz. ›Wie geht's, Opa?‹

›Es geht mir besser.‹

›Es ist ruhig vor meinem Tor.‹

›Ja.‹

›Die Roten kommen nicht mehr zum Zuge.‹

›Die Roten verlieren?‹

›Klar.‹

›Wieviel Tore haben die Braunen inzwischen geschossen?‹

›Ich habe aufgehört zu zählen.‹

›Ist das der große Sieg?‹

›Das ist der große Sieg‹.«

»›Damals‹, sagte ich, ›nach dem großen Sieg der Braunen, da wurden Leute vergast und erschlagen und gehängt und erschossen.‹

›Hier nicht‹, sagte der Torhüter. ›Hier wird keiner erschossen.‹

›Auch nicht gehängt?‹

›Das auch nicht.‹

›Und erschlagen?‹

›Auch nicht.‹

›Und vergast?‹

›Nein‹, sagte der Torhüter. ›Auch nicht vergast. Manchmal prügeln sich die Fans beider Mannschaften. Das kommt vor. Mehr passiert da nicht.‹«

»›Die Leute kommen hierher, um sich die Wut aus dem Bauch zu brüllen‹, sagte der Torhüter.

›Das haben die Nazis auch gemacht‹, sagte ich.

›Damals?‹

Ja‹, sagte ich. ›Damals.‹
›Beim Fußball?‹
›Nein‹, sagte ich. ›In Hitlers Partei.‹«

»›Weißt du‹, sagte ich zum Torhüter, ›wenn damals alle Nazis zum Fußballspiel gegangen wären anstatt in die Partei ... um sich die Wut aus dem Bauch zu brüllen und sich zu erleichtern ... dann hätte es kein Großdeutsches Reich gegeben.‹
›Glaubst du, Opa?‹
›Ja‹, sagte ich. ›Und keinen Krieg. Und nicht Millionen Tote.‹
›Eine tolle Sache, Opa!›
›Ja‹, sagte ich.«

»›Wirst du nächste Woche wiederkommen, Opa?‹
›Klar.‹
›Bist du ein Fußballfan?‹
›Erst seit heute‹, sagte ich.
›Ein bißchen spät, Opa‹, sagte der Torhüter.
›Glaubst du, daß es zu spät ist?‹
›Ich weiß es nicht‹, sagte der Torhüter.«

Zweckentfremdung oder Der Alptraum des alt gewordenen Hausbesetzers

Im Jahre 2036 klingelte irgendjemand ganz altmodisch an der Wohnungstür des greisen, ehemaligen Hausbesetzers Zibulsky. Zibulsky öffnete und stand einem jungen Mann gegenüber, der die gleichen langen Haare hatte, wie er sie mal gehabt hatte ...vor fünfundfünfzig Jahren, im Jahre 1981.

»Ich bin der Vertreter einer Wohngemeinschaft«, sagte der junge Mann.

»Freut mich«, sagte der alte Zibulsky.

»Bist du der ehemalige Hausbesetzer Zibulsky?«

»Der bin ich«, sagte Zibulsky.

»Und du hast jetzt 'ne eigene Wohnung?«

»Jawohl.«

»Ist das nicht 'n bißchen komisch?«

»Wie meinst du das?«

»'ne Zehnzimmerwohnung für eine Person?«

»Warum sollte das komisch sein?«

»Na, ich meine nur so.«

»Das mit den Hausbesetzern ist 'n alter Hut«, sagte der junge Mann.

»Ist ja auch schon lange her«, sagte Zibulsky.

»Ihr seid inzwischen selber unter die Spießer gegangen.«

»Das stimmt nicht«, sagte der alte Zibulsky. »Wir

sind nur älter geworden und etwas müder und sind inzwischen etabliert.«

»War 'ne gute Sache damals, wie?«

»Wie man's nimmt«, sagte der alte Zibulsky. »Die Sache war zwar nicht legal, aber sie war immerhin legitim.«

»'n alter Hut«, sagte der junge Mann. »Worum ging es eigentlich damals?«

»Es ging um das Wohnungsproblem. Wir kämpften für die Erhaltung von Altbauwohnungen und gegen die Zweckentfremdung leerstehender Häuser.«

»Also gegen die Zweckentfremdung?«

»Ja«, sagte Zibulsky. »Wir kämpften gegen Zweckentfremdung.«

»Wir sind hier, um deine Wohnung wegen Zweckentfremdung zu besetzen!«

»Das könnt' euch wohl so passen«, sagte Zibulsky.

»Ich hab 'ne Vollmacht«, sagte der junge Mann.

»Was für 'ne Vollmacht?«

»Vom Wohnungsamt«, sagte der junge Mann. »Die neue Chaotenregierung hat nämlich gerade ein neues Zweckentfremdungsverbotsgesetz verabschiedet.«

»Ein neues Zweckentfremdungsverbotsgesetz?«

»Ja. Leerstehender Wohnraum, ganz gleich welcher Art, ist angesichts der bestehenden Wohnungsnot ungesetzlich wegen der Zweckentfremdung.«

»Betrifft das auch Privatwohnungen?«

»Die auch.«

»Meine Wohnung steht aber nicht leer.«

»Sie steht teilweise leer.«

»Ist das zweckentfremdend?«

»Das ist zweckentfremdend.«

»Wozu braucht 'n alter Mann 'ne Zehnzimmerwohnung?«

»Ich brauche sie eben.«

»Wohnst du in allen zehn Zimmern?«

»Nein. Eigentlich nur in einem.«

»Und was machst du mit den übrigen neun Zimmern?«

»Die sind für mein Raumgefühl da.«

»Das ist zweckentfremdend.«

»Raumgefühl ist auch ein Zweck.«

»Nicht nach dem neuen Gesetz.«

»Ich fahre auch manchmal Rollschuh.«

»In den leerstehenden Zimmern?«

»Ja. Henry Miller machte das auch so. In seiner Wohnung.«

»Der war ein Sonderling.«

»Das bin ich auch.«

»Das wird bald aufhören!«

»Warum?«

»Weil wir von unserer Vollmacht Gebrauch machen.«

»Soll das heißen, daß ich ausziehen muß?« fragte der alte Zibulsky.

»Ja. Aber mach dir keine Sorgen. Das Wohnungsamt wird dir laut Gesetz 'ne Einzimmerwohnung zuweisen.«

»Wo denn?«

»Laut Gesetz: am Stadtrand.«

»Ich will aber im Zentrum wohnen.«

»Du bist ein alter Mann. Du arbeitest nicht mehr. Was brauchst du im Zentrum zu wohnen!«

»Müßt ihr im Zentrum wohnen?«

»Wir sind Studenten. Und diese Wohnung hier liegt in der Nähe der Universität.«

»Ich möchte aber hierbleiben.«

»Das geht nicht.«

»Wieviel Leute seid ihr?«

»Wir sind zehn. Zehn Leute für diese Zehnzimmerwohnung. Für jede Person ein rechtmäßiges, zweckfreundliches Zimmer, verstehst du. Das ist das neue Gesetz.«

»Löst man jetzt so das Wohnungsproblem?«

»Ja, Opa. Ihr habt ja damals damit angefangen.«

»Was soll das heißen?«

»Du siehst ja, was das heißt. Ihr habt das Rädchen in Schwung gebracht.«

»Wir haben aber damals nur harmlose, leerstehende Häuser besetzt. Und wir haben niemanden verdrängt.«

»Wir gehen eben ein paar Schritte weiter.«

»Na, hör mal.«

»Wir haben ja auch jetzt die Bürokratie hinter uns, und die macht eben alles ein bißchen perfekter.«

»Perfekter?«

»Ja, Opa.«

»Ich möchte aber trotzdem gerne hierbleiben.«

»Das wird nicht gehen.«

»Ich hänge sehr an dieser Wohnung.«

»Das geht uns nichts an.«

»Könnt ihr mir nicht wenigstens die Speisekammer lassen?«

»Ist dort Platz?«

»Ja. Es ist 'ne große Speisekammer.«

»Kann man da schlafen?«

»Natürlich. Im Speiseregal.«

»Und wo sollen wir unsere Lebensmittel hinstellen?«

»Ihr könnt sie tagsüber ins Regal stellen.«

»Und nachts?«

»Wenn ich schlafen geh', da hol' ich sie wieder raus.«

»Du mußt sie aber tagsüber wieder zurückstellen!«

»Kein Problem. Das werd' ich machen.«

Sicherheit

»Herr Apotheker! Können Sie mir ein Neutronenbömbchen verkaufen?«

»Die gibt's jetzt umsonst, Herr Zibulsky.«

»Muß ich sie auf dem Buckel nach Hause schleppen?«

»Das ist nicht nötig.«

»Nicht nötig?«

»Nein, Herr Zibulsky. Es gibt sie bereits in Taschenformat.«

»Seit wann denn?«

»Seit einiger Zeit.«

»Ich war nämlich im Ausland.«

»Verstehe, Herr Zibulsky.«

»Da weiß man nicht immer, was in der Heimat passiert.«

»Ja, Herr Zibulsky.«

»Eine tolle Sache!«

»Das Neutronenbömbchen in Taschenformat?«

»Ja.«

»Das haben wir dem Staat zu verdanken.«

»Unserem Staat?«

»Natürlich. Der sorgt für die Sicherheit seiner Bürger.«

»Gott sei Dank.«

»Ja, Herr Zibulsky.«

»Jeder hat heutzutage das Bömbchen!«

»Jeder?«

»Jawohl.«

»Auch Frauen?«

»Natürlich.«

»Und Kinder?«

»Die auch.«

»Es ist also wahr?«

»Ja.«

»Jetzt kann sich jeder verteidigen?«

»So ist es.«

»Kann es leicht explodieren?«

»Das Bömbchen?«

»Ja.«

»Nur, wenn man es fallen läßt.«

»Nur dann?«

»Jawohl.«

»Die Leute müssen eben aufpassen!«

»Da haben Sie recht.«

»Besonders Kinder beim Spiel.«

»Ja.«

»Und wacklige Greise!«

»Verdammt.«

»Hinfallen ist gefährlich!«

»Das könnte das Bömbchen entzünden?«

»So ist es.«

»Sehen Sie, Herr Zibulsky. Unlängst traf ich eine Kundin von mir im Stadtpark. Eine alte Frau. Sie saß selbstsicher auf einer Bank.

›Herr Apotheker‹, sagte sie. ›Ich lebe jetzt ohne Angst. Mir kann nämlich keiner die Handtasche entreißen, nur weil ich 'ne alte Frau bin.‹

›Haben Sie das Bömbchen in der Handtasche?‹
›Wo denn sonst!‹ sagte sie.
›Und Ihre Handtasche?‹
›Sie sehen's ja. Die halt' ich in der Hand.‹
›Ihre Hand zittert aber!‹
›Wenn man alt ist, hat man eben zittrige Hände.‹
›Passen Sie auf!‹ sagte ich. ›Lassen Sie die Handtasche mit dem Bömbchen um Himmels willen nicht fallen!‹
Sie sagte: ›Keine Angst! Ich passe auf!‹«

»Eine gute Sache«, sagte ich zum Apotheker. »Besonders für schutzlose Frauen.«
»Auch für die jungen«, sagte der Apotheker.
»Keine Vergewaltigungen mehr?«
»So was kommt nicht mehr vor.«
Ich sagte: »Gott segne den Staat!«
»Ja«, sagte der Apotheker.

»Man müßte nur die Alkoholiker warnen«, sagte ich zum Apotheker. »Auch die Fixer und die Halbstarken auf ihren Motorrädern!«
»Damit sie die Kontrolle nicht verlieren?«
»Ja.«
»Das mach' ich auch bei jeder Gelegenheit«, sagte der Apotheker. »Erst gestern sagte ich zu einem Besoffenen: ›Passen Sie auf! Lassen Sie das Bömbchen nicht fallen! Stolpern Sie nicht! Der kleinste Unfall würde uns alle in die Luft jagen!‹«

»Und vorgestern war ich im Zirkus«, sagte der Apotheker. »Ich sprach mit dem Seiltänzer vor seinem Akt. ›Haben Sie das Bömbchen?‹ fragte ich.
›Natürlich‹, sagte der Seiltänzer. ›Wer hat es nicht!‹
›Wo legen Sie das Bömbchen hin, wenn Sie auf dem Seil sind?‹

›Ich binde es mir vor dem Akt um den Bauch.‹

›Warum das?‹

›Weil sich heutzutage keiner mehr von dem Bömbchen trennt.‹

›Aus Sicherheitsgründen?‹

›So ist es.‹«

»Und so stand ich im Zirkus«, sagte der Apotheker, »und erlebte den Seiltänzer.«

»Beim Balancieren?«

»Jawohl.«

»Wie war Ihnen zumute?«

»Ich hatte starkes Herzklopfen.«

»Was haben Sie sich gefragt?«

»Ich fragte mich: Wie lange wird dieser Zustand der allgemeinen Sicherheit anhalten?«

Ein Märchen

Es war einmal ein Mann ... der kam gerade aus Massada, der letzten jüdischen Festung, die kurz zuvor gefallen war. Der Mann ging immer geradeaus. »Sag mir, lieber Gott«, murmelte der Mann, »gibt es nicht irgendwo einen Wegweiser?«

»Wozu brauchst du einen Wegweiser?« fragte der liebe Gott.

»Damit ich die Richtung nicht verliere«, sagte der Mann.

Als der Himmel am Horizont rot wurde und der liebe Gott sich anschickte, die Sonne heimzuholen, da erblickte der Mann einen Wegweiser. Dort stand drauf: Nach Auschwitz.

»Wo liegt Auschwitz?« fragte der Mann.

»All deine Wege führen nach Auschwitz«, sagte der liebe Gott. »Kümmere dich nicht darum, wo es liegt. Wenn du immer geradeaus gehst, dann kommst du dorthin.«

»Wie lange wird es dauern, bis ich dorthin gelange?« fragte der Mann.

»Fast zweitausend Jahre«, sagte der liebe Gott.

»Warum so lange?« fragte der Mann.

»Weil sich zuerst das Christentum durchsetzen muß«, sagte der liebe Gott. »Und weil Kirchen gebaut werden müssen, damit man den Haß gegen dich von der Kanzel predigt. Und weil es dauert, bis aufgeht, was da gesät wird.«

»Wird der Haß gesät wie die Frucht auf dem Felde?«

»Genau so«, sagte der liebe Gott. »Der Haß ist der Samen, und das Feld ist das Herz des verhetzten Christenmenschen.«

»Ist das so?«

»Ja, das ist so.«

»Werde ich in Auschwitz meine Ruhe finden?«

»Nein.«

»Soll das nur ein Prüfstein sein?«

»Ja.«

»Muß ich dann noch weiterwandern?«

»Dann mußt du noch weiterwandern.«

»Wie lange?«

»Bist du mich gefunden hast.«

»Warum ist das alles so umständlich?«

»Das ist eben so«, sagte der liebe Gott.

Zigeuner

»Heil Hitler, Obersturmbannführer!«

»Nicht so laut, bitte, Scharführer!«

»Ich habe doch nur geflüstert.«

»Immer noch zu laut.«

»Heutzutage grüßt man nicht mehr mit deutschem Gruß.«

»Wie soll ich grüßen?«

»Sagen Sie bloß: ›Guten Tag, Herr Zibulsky.‹«

»Einfach so?«

»Ja.«

»Guten Tag, Herr Zibulsky.«

»Guten Tag.«

»Ich heiße auch Zibulsky.«

»Guten Tag, Herr Zibulsky.«

»Was machen Sie hier im KZ-Museum?«

»Ich komme aus sentimentalen Gründen hierher.«

»Ich auch.«

»Sie auch?«

»Ja.«

»Ich habe gehört, daß Sie zwei Monate im Gefängnis waren?«

»Das stimmt.«

»Mir ist es ähnlich ergangen. Hab' auch zwei Monate gesessen.«
»Sie auch?«
»Ja.«

»Die Zeitungen haben behauptet, daß Sie damals hunderttausend liquidiert hätten.«
»Eine lächerliche Behauptung.«
»Mir wollten die nämlich auch so was anhängen.«
»Massenmord?«
»Natürlich.«
»Auch hunderttausend?«
»Nein. Nur fünfzigtausend.«

»Mir konnten sie eben nichts nachweisen.«
»Mir auch nicht.«
»Ich spreche von denen, die das Auschwitz-Märchen erfunden haben.«
»Ja, ich auch.«

»Sagen Sie, Herr Zibulsky. Warum gucken Sie immerfort auf diesen einen Glaskasten?«
»Weil ich jetzt im KZ-Museum bin.«
»Es gibt aber hier andere Glaskästen!«
»Mich interessiert eben dieser eine.«
»Weil dort 'ne Geige drin ist?«
»Ja.«

»Hatten Sie diese Geige schon mal gesehen, bevor sie im Glaskasten war?«
»Ja.«
»War es Ihre Geige?«
»Nein.«
»Ich dachte nur ... weil es doch heißt, Sie seien musikalisch.«

»Bin ich auch. Aber ich spiele nur Klavier.«

»Wem gehörte die Geige?«

»Einem Zigeuner, den wir damals vergast haben.«

»Kannten Sie ihn persönlich?«

»Natürlich nicht.«

»Ich hab' mal mit dem Museumsdirektor gesprochen und ihn gefragt, wie das denn sei mit dieser Geige.«

»Was hat der Direktor gesagt?«

»Er sagte: ›Wir haben die Geige mal aus dem Glaskasten genommen, um sie auszuprobieren. Aber die Geige hat gestreikt.‹«

»Gestreikt?«

»Ja.«

»Mich interessierte die Sache, und so unterhielt ich mich ein bißchen länger mit ihm.«

»Mit dem Museumsdirektor?«

»Ja.«

»Was hat er gesagt?«

»Er sagte: ›Die Zigeunergeige streikt. Ganz merkwürdig. Dabei wissen wir ganz genau, daß sie voller Melodien ist und voller Märchen.‹ – Ich fragte: ›Könnt ihr der Geige nichts entlocken? Auch nicht mit Gewalt?‹

›Auch nicht mit Gewalt‹, sagte der KZ-Museums-Direktor. ›Keinen einzigen Laut. Die alte Geige ist vor lauter Traurigkeit verstummt.‹

›Verstummt?‹

›Völlig verstummt.‹

›Warum?‹

›Weil ihr Meister tot ist.‹

›Weiß das die Geige?‹

›Sie weiß es nicht.‹

›Sucht sie ihren Meister?‹

›Sie sucht ihn immer noch.‹
›Wird sie ihn bis in alle Ewigkeit suchen?‹
›Bis in alle Ewigkeit.‹
›Wird sie ihn jemals finden?‹
›Nein.‹«

Ödipus

»Frau Doktor Zibulsky! Was ist mit meiner Analyse?«
»Die wird immer komplizierter, Herr Zibulsky.«
»Ist sie noch nicht fertig?«
»Die wird nie fertig.«

»Ich möchte Ihnen den Schädel einschlagen!«
»Das weiß ich, Herr Zibulsky.«
»Aber vorher möcht' ich Sie erst mal tüchtig ficken!«
»Ja, Herr Zibulsky.«

»Sie erinnern mich nämlich an meine Mutter!«
»Ich bin Ihre Mutter, Herr Zibulsky.«
»Und zugleich an meinen Vater!«
»Ich bin Ihr Vater, Herr Zibulsky.«

»Als Halbwüchsiger hab' ich nämlich meinen Vater umgebracht!«

»Das machen Sie jeden Tag seit fünfunddreißig Jahren.«

»Ich drehte ihm langsam den Hals um, so lange, bis es krachte. Dann gab ich meiner Mutter einen Gutenachtkuß, ging auf mein Zimmer und legte mich schlafen.«

»Ja, Herr Zibulsky.«

»Mitten in der Nacht kam meine Mutter zu mir. Offenbar glaubte sie, ich wäre mein eigener Vater. Sie legte sich zu mir und sagte, ich solle sie besteigen.«

»Haben Sie es getan?«

»Ja.«

»Und haben Sie es dann bereut? Machten Sie es so wie Ödipus, der sich selber blendete in seiner Verzweiflung?«

»Nein. Ich habe nichts bereut. Ich habe auch nicht Hand an mich gelegt und wurde weder blind noch sonstwas. Ich schlief friedlich ein, nachdem ich es mit meiner Mutter getan hatte. Und als ich am nächsten Morgen erwachte und die Augen aufschlug, war die Welt voller Licht. Nichts hatte sich verändert. Der alte Wecker auf dem Nachttisch tickte gemächlich. Meine Bücher standen nach wie vor auf dem Regal, auch der große Schulatlas. Das braune Schreibpult, auf dem ich meine Schularbeiten machte, hatte dieselben eingefressenen Tintenkleckse. Und mein Teddybär, den ich mal als kleiner Junge von meiner Mutter bekommen hatte, guckte freundlich aus der Sofaecke.«

Die Ketten

»Unlängst rief mich mein toter Vater an. Es war so gegen Mitternacht.

›Bist du's, mein Junge?‹ fragte er.

›Ich bin kein Junge‹, sagte ich. ›Ich bin fast vierzig.‹

›Unsinn‹, sagte mein Vater. ›Du bist mein Junge.‹

›Ja, Vater.‹

›Spielst du gerade mit deiner Eisenbahn?‹

›Welcher Eisenbahn?‹

›Der elektrischen.‹

›Nein, Vater.‹

›Was machst du, Junge?‹

›Ich spiele mit meinen Ketten.‹

›Welchen Ketten?‹

›Die ihr mir damals angelegt habt.‹

›Deine Mutter und ich?‹

›Ja, Vater.‹

›Es war bei deiner Geburt, Junge.‹

›Ich weiß, Vater.‹

›Wir hatten Angst, dich zu verlieren, Junge. Und deshalb legten wir dir die Ketten an. Die Ketten waren unser Geschenk.‹

›Es war also ein Geschenk?‹

Ja, Junge. Ich sagte zu deiner Mutter: Das sind gute und feste Ketten. Von diesen Ketten kommt unser Junge nicht mehr los.‹«

»Herr Doktor! Ich habe lange mit Vater gesprochen.

Einmal fragte er: ›Hab' ich dich aufgeweckt, Junge?‹
›Ja, Vater.‹
›Es ist nämlich schon Mitternacht.‹
›Mitternacht, Vater.‹
›Bist du um zehn Uhr schlafen gegangen?‹
›Ja, Vater. Ich war brav. Um Punkt zehn.‹
›So wie wir's dir beigebracht haben?‹
›Ja, Vater.‹«

»›Hast du eine ordentliche Arbeit, Junge?‹
›Natürlich, Vater.‹
›Du wolltest damals Bankdirektor werden!‹
›Das wollte ich nie, Vater. Ihr wart es, die das wollten.‹
›Damit du 'ne sichere Zukunft hast.‹
›Zukunft, Vater?‹
›Und immer einen vollen Bauch.‹«

»›Eigentlich wollte ich Bildhauer werden!‹
›Das ist kein Beruf.‹
›Da hast du recht, Vater.‹
›Das ist was für Verrückte, Parasiten und Faulenzer!‹
›Ja, Vater.‹«

»›Hör zu, Junge.‹
›Was ist, Vater?‹
›Vergiß deine Ketten!‹
›Darf ich wenigstens mit ihnen spielen?‹
›Natürlich.‹
›Darf ich sie losreißen?‹
›Das kannst du nicht.‹
›Ich könnte es aber versuchen?‹
›Das könntest du.‹
›Soll ich mal?‹
›Es geht nicht, Junge.‹
›Bist du sicher?‹

›Ja, Junge.‹«

»›Ich möchte euch noch einmal sehen, Vater.‹

›Auch deine Mutter?‹

›Die auch.‹

›Komm morgen auf den Friedhof, Junge.‹

›Wann, Vater?‹

›Das ist egal.‹

›Morgen, hast du gesagt?‹

›Morgen, Junge.‹«

»Herr Doktor! Am nächsten Tag ging ich zum Friedhof. Vielleicht, so dachte ich, könnte ich meine Eltern überlisten und sie dazu bringen, mir meine Ketten abzunehmen. Versuchen Sie mich zu verstehen, Herr Doktor. Ich wollte die Ketten unbedingt loswerden.«

»Und so kam ich zum Friedhof, Herr Doktor. Man hatte ihn umgebaut, und ich sah einen großen Bahnhof.

›Wann kommt der nächste Zug?‹ fragte ich den Mann am Schalter.‹

›Erwarten Sie Ihre Eltern?‹

›Ja‹, sagte ich.

›Machen Sie schnell‹, sagte der Mann am Schalter.

›Der Zug fährt gerade ein.‹

›Brauche ich eine Bahnsteigkarte?‹

›Nein.‹

›Was brauche ich?‹

›Ein bißchen Unsicherheit.‹

›Die hab' ich bereits.‹

›Dann ist's ja gut.‹

›Obwohl ich fast Bankdirektor bin.‹

›Wirklich?‹

›Da fehlen nur noch ein paar Stufen.‹

›Macht nichts.‹

›Sind Sie sicher, daß meine Eltern im Zug sind?‹
›Ganz sicher.‹
›Soll ich jetzt gehen?‹
›Gehen Sie schnell.‹«

»Sind Sie Ihren Eltern begegnet?«

»Nur auf dem Bahnsteig, Herr Doktor.«

»Der die Lebenden von den Toten trennt?«

»Ja. Es war so wie auf dem Friedhof, wenn man am Rande der Gräber steht. Meine Eltern erschienen nur für Sekunden, aber lange genug, um die Ketten an meinen Füßen noch fester zu schmieden. Kaum war ich vom ersten Schock erwacht, da waren sie auch schon weg.«

»Dort war kein Bahnhof, Herr Zibulsky. Dort war nur der alte Friedhof.«

»Nur der?«

»Ja, Herr Zibulsky. Derselbe Friedhof, auf dem auch Sie eines Tages liegen werden.«

»Mit meinen Ketten?«

»Nein, Herr Zibulsky. Wenn Ihr Leben erlischt, werden Ihre Eltern Sie loslassen.«

»Erst dann?«

»Erst dann.«

Spielplatz der Versäumnis

»Mutter! Ich habe mein Leben vergeudet!«

»Wieso denn, Junge?«

»Weil ich meinen Samen vergeudet habe.«

»Nun bin ich vierundsiebzig, Mutter!«

»Das ist kein Alter, Junge. Ich bin vierundneunzig.«

»Du bist aber schon zehn Jahre tot.«

»Das stimmt eigentlich, Junge.«

»Meine Gedanken, Mutter ... die fliegen jetzt oft zum Spielplatz der Versäumnis. Dort spielen alle Kinder, die ich nicht gezeugt habe oder versäumt hatte zu zeugen. Es sind Tausende, Mutter. Es sind so viele, daß man eine ganze Stadt mit ihnen bevölkern könnte.«

»Das glaube ich dir.«

»Dort laufen sie alle herum: das Ergebnis meines vergeudeten Samens.«

»Du hast wohl oft ein Präservativ benützt? Oder die Frauen waren vorsichtig und haben aufgepaßt?«

»Genau, Mutter.«

»Hast du auch manchmal bloß ins Leere gespritzt?«

»Das kam auch vor.«

»Nachts in deiner Einsamkeit?«

»Ja, Mutter.«

»Auch sonst?«

»Gelegentlich am hellen Tage, verstohlen auf der Toilette.«

»Was soll das, Junge! Was willst du jetzt noch auf dem Spielplatz der Versäumnis?«

»Ich will bloß meinen Vorwürfen begegnen.«

»Wie ist es dort?«

»Wie in der Vorhölle, Mutter.«

»Ich war also dort. Ich ging vorsichtig um die Rutschbahn auf der Sandgrube herum und beobachtete meine Kinder, die ich versäumt hatte zu zeugen. Manche von ihnen waren schon alt.

›He, Junge‹, sagte ich zu einem von ihnen. ›Komm mal her. Ich will dich was fragen.

›Ja, Vater‹, sagte der Junge. ›Ich komme ja schon.‹

›Wie alt bist du, Junge?‹

›Sechzig.‹

›Schon so alt?‹

›Ja, Vater.‹

›Ich muß selber sehr jung gewesen sein, als ich dich zeugen wollte.‹

›Du warst noch nicht mal vierzehn.‹

›Es war wohl das erste Mal?‹

›Das erste Mal!‹«

»›Erinnere dich, Vater! Du träumtest von den Brüsten der Gemüsefrau, die den Laden an der Ecke hatte.‹

›Ja, Junge.‹

›Sie war scharf auf dich, den kleinen Jungen, und das beruhte auf Gegenseitigkeit.‹

›Ja, Junge. Ich erinnere mich. Ich war auch scharf auf sie.‹

›Aber keiner von euch beiden wagte es, sich dem anderen zu nähern.‹

›Wirklich zu nähern?‹

›Ja.‹

›Sie war schon fast vierzig, und sie schämte sich.‹

›Das wird's wohl gewesen sein.‹

›Und du … kaum vierzehn Jahre alt … du trautest dich nicht. Du gucktest nur beim Einkaufen die großen prallen Brüste an und ranntest dann aus dem Laden.‹

›Stimmt, Junge.‹

›Und dann ist es passiert!‹

›In der Nacht?‹

›Ja, Vater.‹

›Ich träumte von der Gemüsefrau?‹

›Ja.‹

›Und spritzte im Schlaf kostbaren Samen gegen die Fensterscheibe?‹

›Ja, Vater. Es war Hochsommer, und du hast ohne Decke geschlafen.‹

›Ohne Decke?‹

›Ja.‹

›Und wieso klatschte mein Samen gegen die Fensterscheibe? Stehen Fenster im Hochsommer nicht offen?‹

›Das Fenster war zu, Vater, und die Scheibe bot sich als Ziel an.‹

›Wieso war das Fenster zu?‹

›Der Wind hatte es zugeschlagen.‹«

»›Ich erinnere mich, mein Sohn. Am nächsten Morgen wischte ich den Fleck verschämt von der Fensterscheibe weg.‹

›Mit dem Taschentuch!‹

›Ich glaube: es war ein Taschentuch.‹«

»Mutter! Welch ein Verbrechen! So eine Vergeudung! Kein Wunder, daß mich jetzt, im Alter, das Gewissen plagt!«

Der Mörder und sein Rechtsanwalt

»Wie viele haben Sie umgebracht?« fragte der Rechtsanwalt.

»Genau ein Dutzend«, sagte der Mörder.

»Warum gerade ein Dutzend?«

»Damit ich mich nicht verrechne«, sagte der Mörder.

»Man wird Sie natürlich freisprechen«, sagte der Rechtsanwalt, »weil wir nachweisen können, daß Sie nur ein Opfer der Gesellschaft sind. Im übrigen sind Sie ein klassischer Fall.«

»Was ist ein klassischer Fall?« fragte der Mörder.

»Das, was Sie sind«, sagte der Rechtsanwalt.

»Ihr Vater war Säufer«, sagte der Rechtsanwalt. »Und Ihre Mutter ging auf den Strich. Sie kriegten als Kind regelmäßig Prügel. Im Alter von fünf wurden Sie von einem Polizisten verführt. Als Jugendlicher stahlen Sie Autos. In der Schule sind Sie sitzengeblieben. Sie haben keinen richtigen Beruf erlernt, und später waren Sie meistens arbeitslos.«

»Das stimmt«, sagte der Mörder.

»In unserem neuen Staat kann man Sie nicht verurteilen.«

»Weil ich ein Opfer der Gesellschaft bin? Und außerdem ein klassischer Fall?«

»Ja«, sagte der Rechtsanwalt.

»Wird das hohe Gericht die Gesellschaft an meiner Stelle verurteilen?«

»Selbstverständlich«, sagte der Rechtsanwalt.

»Stimmt das auch?«

»Natürlich stimmt das«, sagte der Rechtsanwalt.

»Ich habe die Frauen aber nur aus Langeweile umgebracht«, sagte der Mörder.

»Das macht nichts«, sagte der Rechtsanwalt.

»Wird man die Gesellschaft trotzdem verurteilen?«

»Ja«, sagte der Rechtsanwalt.

»Wie verurteilt man die Gesellschaft, und wie wird das Urteil vollstreckt?« fragte der Mörder.

»Indem man die Gesellschaft ändert«, sagte der Rechtsanwalt.

»Kann man sie ändern?«

»Das will man eben versuchen«, sagte der Rechtsanwalt.

»Wer ist eigentlich hier an der Macht?« fragte der Mörder.

»Die Soziologen und Psychologen«, sagte der Rechtsanwalt.

»Was ist das für eine Regierung?«

»Eine humane Regierung.«

»Wird Sie an der Macht bleiben?«

»Nicht lange«, sagte der Rechtsanwalt.

»Dann sollte mein Prozeß so schnell wie möglich stattfinden«, sagte der Mörder, »ehe die humane Regierung gestürzt wird.«

»Ich werde mein möglichstes tun«, sagte der Rechtsanwalt.

»Wer will denn die neue Regierung schon wieder stürzen?«

»Die Reaktion«, sagte der Rechtsanwalt.

»Sind das viele?« fragte der Mörder.

»Ja«, sagte der Rechtsanwalt.

»Wenn mein Prozeß schnell genug stattfindet«, sagte der Mörder, »und man mich rechtzeitig freispricht, dann kann ich ja bis zum Sturz der humanen Regierung inzwischen noch ein paar Frauen umbringen?«

»Das können Sie«, sagte der Rechtsanwalt.

»Dann darf mein Prozeß nicht verzögert werden!«

»Ich werde mein möglichstes tun«, sagte der Rechtsanwalt.

Beim Optiker

Der Optiker wollte gerade Mittagspause machen, als eine Kundin den Laden betrat. Kein Wunder, daß er nervös wurde.

»Was wollen Sie?« fragte der Optiker.

Die Kundin sagte: »Mein Mann braucht 'ne Brille.«

»Was für 'ne Brille?«

»Eine besondere Brille.«

»Ich habe keine besonderen Brillen.«

Die Kundin sagte: »Dann eben nicht.«

»Ist Ihr Mann weitsichtig?«

»Nein.«

»Also kurzsichtig?«

»Ja«

»Hat er Schwierigkeiten beim Lesen?«

»Nein.«

»Was denn?«

»Er hat neulich nicht bemerkt, daß ich beim Friseur war.«

»Was noch?«

»Daß ich ein neues Kleid hab'.«

»Ist das alles?«

»Das ist längst nicht alles.«

»Fassen Sie sich bitte kurz.«

»Er weiß nicht mal, daß ich eine Frau bin, nicht mehr

ganz jung, aber auch noch nicht alt. Merkt es einfach nicht. Verstehen Sie, was ich meine?«

»Er merkt es also nicht?«

»Er merkt es nicht.«

Die Kundin sagte sehr leise: »Mein Mann merkt nicht mal, wenn ich traurig bin. Oder Sehnsucht habe. Und Zärtlichkeit brauche. Und berührt werden möchte.«

»Das tut mir leid«, sagte der Optiker.

Die Kundin sagte: »Verzeihen Sie.«

»Naja«, sagte der Optiker.

»Ihr Mann braucht keine Brille«, sagte der Optiker, »sondern eine Antenne. Da sind Sie hier falsch.«

»Wie meinen Sie das?«

»Dies ist ein Optikerladen und keine Werkstatt für Antennenbau«, sagte der Optiker. »Versuchen Sie's drüben auf der anderen Straßenseite.«

»Beim Fernsehhändler?«

»Sehr richtig.«

»Macht der auch Antennenbau?«

»Selbstverständlich.«

»Er hat aber zu!«

»Er macht jetzt nur Mittagspause«, sagte der Optiker, und er fügte ärgerlich hinzu: »Ich übrigens auch.«

Langzeitgedächtnis oder Reisen mit der Firma Meckermann

»Opa! Ich glaube, wir sind angelangt. Nämlich: am Reiseziel!«

»Ja, Oma. Das glaube ich eigentlich auch.«

»Es ist nur merkwürdig.«

»Was ist merkwürdig?«

»Ich kann mich nicht mehr an den Flug erinnern.«

»Warum?«

»Weil ich nur noch mein Langzeitgedächtnis habe.«

»Dann geht's dir so wie mir.«

»Hast du auch nur noch dein Langzeitgedächtnis?«

»Ja.«

»Kannst du dich an den Flug erinnern?«

»Nein.«

»Ich hab' den Flugschein in der Hand, aber kann nicht lesen, was draufsteht.«

»Hast du deine Brille verloren?«

»Ich kann sie im Augenblick nicht finden.«

»Ich kann meine auch nicht finden.«

»Was machen wir jetzt?«

»Ich weiß es nicht.«

»Ich glaube, wir haben die Reise bei der Firma Meckermann gebucht.«

»Woher weißt du das?«

»So einen Namen vergißt man nicht.«

»Trotz Langzeitgedächtnis?«
»Ja.«
»An den Namen Meckermann kann ich mich auch erinnern.«
»Sogar du?«
»Ja.«

»Es könnte ja sein, daß wir in Spanien sind oder auf so 'ner spanischen Insel wie zum Beispiel Mallorca oder Ibiza oder Gran Canaria.«
»Möglich.«
»Wegen der Hitze.«
»Ja.«
»So 'ne Hitze, obwohl es schon Oktober ist.«
»Bist du sicher, daß es schon Oktober ist?«
»Da bin ich ganz sicher.«

»Wie kann das hier Spanien sein oder so 'ne spanische Insel, wenn die Landschaft, die ich von hier oben aus sehe … von diesem Hotelzimmerfenster … so aussieht wie die Landschaft in Gropiusstadt?«
»Gropiusstadt?«
»Die Trabantenstadt am Rande von Berlin.«
»Wo deine kontaktarme Schwester wohnt?«
»Ja.«
»Wie sieht Gropiusstadt aus?«
»Wie eine Stadt ohne richtige Häuser.«
»Was steht dort an Stelle von Häusern?«
»Dort stehen Betonklötze.«
»Betonklötze?«
»Von der Stadtplanung hingestellt.«
»Für wen?«
»Für Leute wie meine Schwester.«
»Für die Kontaktarmen?«
»Ja.«

»Was sind eigentlich Kontaktarme?«
»Das weiß ich nicht genau.«
»Ist ja auch so 'n artfremder Ausdruck aus unserer neudeutschen Sprache.«
»So ist es.«

»Das hier kann aber nicht Gropiusstadt sein!«
»Warum?«
»Weil wir in Gropiusstadt bei meiner Schwester wohnen würden und nicht in einem fremden Hotel.«
»Da hast du eigentlich recht.«
»Außerdem ist der Himmel, den man vom Fenster aus sieht, völlig wolkenklar.«
»Das stimmt.«
»Und guck mal, wie die Sonne scheint!«
»Scheint die nicht auch manchmal in Gropiusstadt?«
»Das schon. Aber dort scheint sie anders.«

»Die Luft ist gut hier.«
»Finde ich auch.«
»Sie reizt zum Schnuppern.«
»Ja.«
»Es riecht nach Bratwurst und deutschem Bier.«
»Hab' ich auch schon gemerkt.«
»Ein vertrauter Geruch.«
»Jawohl.«
»Wie auf dem Oktoberfest.«
»Genau.«
»Ich bin wirklich neugierig, wo wir sind.«
»Ich auch.«
»Man könnte ja mal den Reiseleiter fragen.«
»Keine schlechte Idee.«
»Der weiß doch sicher Bescheid!«
»Klar.«

»Herr Reiseleiter! Wo sind wir eigentlich?«

»Sie sind auf einer spanischen Insel.«

»Das sieht aber nicht wie 'ne spanische Insel aus.«

»Das ist nur die optische Täuschung aus der Sicht Ihres Hotelfensters.«

»Das sieht hier nämlich wie Gropiusstadt aus.«

»Ist's aber nicht, liebe Frau. Dieser Kurort ist nämlich moderner. Ich meine: noch moderner. Er besteht aus zukunftsbewußten Hochhäusern und Einkaufszentren, Rummel- und Parkplätzen, Imbißstuben und Bierlokalen, Vergnügungsstätten, darunter auch Diskotheken, und noch viel mehr. Dieser schöne Kurort wurde eigens für deutsche Touristen gebaut. Auch für Sie.«

»Eigens für uns gebaut?«

»Jawohl. Mit dem Einverständnis der spanischen Regierung und auf Anregung der Firma Meckermann.«

»Und warum riecht die Luft hier nach Bier und Bratwurst?«

»Weil Tausende von deutschen Touristen in diesem Augenblick auf den Straßen dieser spanischen Stadt Bier trinken und Bratwurst essen.«

»Hier scheint ja die richtige Stimmung zu herrschen!«

»Echt deutsche Stimmung. Es soll ja hier wie 'ne zweite Heimat sein.«

»Und wie ist's mit der spanischen Stimmung?«

»Wer braucht denn spanische Stimmung!«

»Da haben Sie eigentlich recht.«

»Na also.«

»Herr Reiseleiter! Wenn das 'ne spanische Insel ist, dann müßte ja hier auch das Meer sein?«

»Selbstverständlich ist hier das Meer.«

»Ist es weit vom Hotel?«

»Nur zweihundert Meter.«

»Kann man das Meer vom Hotel aus sehen?«

»Selbstverständlich.«

»Woher wissen Sie das?«

»Das steht im Reiseprospekt.«

»Ich kann das Meer aber nicht sehen.«

»Dann gucken Sie doch mal zum Fenster raus!«

»Das mach' ich gerade.«

»Und was sehen Sie?«

»Betonklötze!«

»Sie haben recht. Jetzt seh' ich sie auch.«

»Die Betonklötze?«

»Ja.«

»Hat man sie vor den Strand hingestellt, um mir die Aussicht zu versperren?«

»Nein. Nur um die Landschaft zeitgemäß zu verändern.«

»Warum steht das nicht im Reiseprospekt?«

»Das weiß ich nicht.«

»Sind die Prospekte veraltet?«

»Eigentlich nicht.«

»Das versteh' ich nicht.«

»Das Bauen von Betonklötzen geht eben schneller als das Drucken von Reiseprospekten.«

»Wissen das die Baugesellschaften?«

»Wie meinen Sie das?«

»Daß die Maurer schneller arbeiten als die Drucker.«

»Das weiß ich nicht.«

»Herr Reiseleiter! Jetzt erinnere ich mich!«

»Woran erinnern Sie sich?«

»Daß wir hier Vollpension haben.«

»Selbstverständlich haben Sie Vollpension.«

»Wir sind nämlich hungrig.«

»Keine Bange. Die Firma Meckermann hat für alles gesorgt.«

»Gibt's hier wenigstens spanische Küche?«

»Echt spanische Küche.«
»Wirklich?«
»Echt spanische Küche à la Meckermann.«
»Was soll das heißen?«
»Das soll heißen, daß unser spanischer Koch Rücksicht auf die Eßgewohnheiten seiner deutschen Gäste nimmt.«
»Das find' ich schön.«
»Ja.«
»Was gibt's denn zu Mittag?«
»Sauerbraten mit Knödel, Rotkohl und Spatenbier.«
»Das ist ja prima.«
»Na sehen Sie.«

»Hier soll ja auch 'ne Menge los sein!«
»Stimmt. Hier ist immer was los. Der Tag ist verplant mit Besichtigungsfahrten, Inselrundreisen und so weiter.«
»Und was macht man abends?«
»Für heute abend hat die Firma Meckermann ein Nachtlokal gemietet.«
»Für unsere Reisegruppe?«
»Natürlich.«
»Das nenn' ich 'n ordentlichen Service.«
»Ich hab's Ihnen ja gesagt: Mit Meckermann liegt man richtig. Meckermann sorgt für seine Gäste und auch dafür, daß sie sich abends nicht langweilen.«

»Was ist das für ein Nachtlokal?«
»Ein spanisches. Gleich um die Ecke.«
»Wie heißt es?«
»Es heißt: ZUM ALTEN FRITZ.«
»War DER ALTE FRITZ 'n Spanier?«
»Das weiß ich leider nicht.«

Die Antrittsrede

»Entschuldigen Sie. Wissen Sie nicht zufällig, wo die Damentoilette ist?«

»Aber Sie sind doch ein Herr!«

»Na und?«

»Ich meine nur …«

»Es ist mir höchst peinlich.«

»Das sollte es auch sein.«

»Ich möchte natürlich lieber auf die Herrentoilette.«

»Und warum fragen Sie dann nach der Damentoilette?«

»Weil die Herrentoilette außer Betrieb ist.«

»Stimmt das auch?«

»Natürlich stimmt das.«

»Woher wissen Sie das?«

»Weil ich gerade von dort komme.«

»Von der Herrentoilette?«

»Ja.«

»Außer Betrieb haben Sie gesagt?«

»Jawohl.«

»Ich muß nämlich auch mal austreten.«

»Dann können wir ja zusammen gehen.«

»Könnten wir.«

»Glauben Sie, daß es hier eine Damentoilette gibt?«

»Wenn's 'ne Herrentoilette gibt, die außer Betrieb ist, dann müßte es auch eine Damentoilette geben.«

»Eine außer Betrieb?«
»Nein. Vielleicht eine, die funktioniert.«

»Wenn ich nicht irre, ist das hier ein Bahnhof.«
»Natürlich ist das ein Bahnhof.«
»Ein deutscher Bahnhof?«
»Jawohl.«
»Haben Sie schon mal einen deutschen Bahnhof gesehen mit einer nicht funktionierenden Herrentoilette?«
»Nein.«
»Dann ist das vielleicht gar kein deutscher Bahnhof?«
»Das ist möglich.«
»Vielleicht ein polnischer?«
»Wie meinen Sie das?«
»Weil mich das an polnische Zustände erinnert.«
»Wann waren Sie in Polen?«
»Während des Krieges.«
»Welchen Krieg meinen Sie?«
»Unseren Krieg.«
»Den Krieg für Führer und Vaterland?«
»Jawohl.«
»Und wie war das mit den öffentlichen Toiletten?«
»Damals in Polen?«
»Ja.«
»Es war eben so und so.«
»Wie denn?«
»Dort gab's nur Toiletten für Untermenschen.«
»Und was habt ihr gemacht?«
»Sie meinen die Herrenmenschen?«
»Ja.«
»Wir bauten unsere eigenen.«
»Funktionierten die?«
»Selbstverständlich.«

»Gott sei Dank. Es ist ein deutscher Bahnhof.«

»Woher wissen Sie das?«

»Ich sehe ein Reklameschild: Coca-Cola.«

»Das könnte auch in Amerika sein.«

»Glauben Sie?«

»Ja.«

»Vielleicht auch in Afrika, Asien oder sonstwo.«

»Möglich.«

»Ich bin aber nicht ins Ausland gereist.«

»Sondern?«

»Nach Ober-Teutoburg.«

»Ober-Teutoburg?«

»Ja.«

»Und dort ist noch ein Schild! Sehen Sie! Sogar mit einem roten Pfeil: Cafeteria, Taxi.«

»Das könnte auch woanders sein.«

»Sie meinen: ein Schild auf einem ausländischen Bahnhof?«

»Ja.«

»Ist's aber nicht.«

»Warum?«

»Weil Deutschland nicht das Ausland ist.«

»Was ist Deutschland?«

»Deutschland ist Deutschland. Deutschland wird immer Deutschland bleiben, trotz DDR, Nato, Fremdherrschaft, Gastarbeitern und japanischer Technik.«

»Ist das so sicher?«

»Ganz sicher.«

»Sie waren doch vorhin auf der nicht funktionierenden Herrentoilette. Da muß ja was draufgestanden haben.«

»Was denn?«

»›Herren‹ zum Beispiel!«

»Ja. Das stand drauf.«
»Dann sind wir hier richtig.«
»Sie meinen in Deutschland?«
»Das mein' ich.«
»Sie halten mich nur zum Narren?«
»Verzeihen Sie.«

»Und dort ist die Damentoilette!«
»Ja.«
»Können Sie sie sehen?«
»Ja.«
»Haben Sie's eilig?«
»Und wie!«
»Wie kommt das?«
»Weil ich im Speisewagen was gegessen hab'.«
»Was denn?«
»Ochsenschwanzsuppe, Bier, Bockwurst und Kartoffelsalat.«
»Sie haben einen empfindlichen Magen?«
»Jawohl.«

»Ich hab's nämlich auch eilig.«
»Haben Sie auch das Falsche gegessen?«
»Nein.«
»Wie denn?«
»Mir sitzt nur der Schreck im Magen.«
»Welcher Schreck?«
»Der mir eingejagt wurde.«
»Das versteh' ich nicht.«
»Werd' ich Ihnen erzählen.«
»Wann denn?«
»Später.«
»Auf der Damentoilette?«
»Meinetwegen.«

»Jetzt seh' ich noch ein Schild. Und was steht drauf: Ausgang!«

»Ein deutsches Wort.«

»Jawohl.«

»Und dort auf der großen Tafel auf der Bahnhofseinfahrtshalle steht der Name dieser Stadt.«

»Ober-Teutoburg!«

»Richtig.«

»Ein kleines Nest.«

»Kennen Sie es?«

»Und wie!«

»Der Bahnhof liegt verlassen da.«

»Ja«

»Auch der Zeitungsstand hat zu.«

»Ja.«

»Vielleicht nur Mittagspause?«

»Kann sein.«

»Ich mach' fast in die Hosen!«

»Wir sind ja schon da.«

»Na endlich.«

»Die Damentoilette.«

»Ja.«

»Bitte, treten Sie ein.«

»Sie zuerst.«

»Warum?«

»Sie sind der Jüngere.«

»Ich hab's aber nicht so eilig.«

»Das macht nichts.«

»Wollen Sie die Kabine links oder rechts?«

»Rechts.«

»Warum?«

»Weil alles, was links liegt, verdächtig ist.«
»Haben Sie Franz Josef gewählt?«
»Nein.«
»Warum nicht?«
»Weil ich Nationaldemokrat bin.«
»Nationaldemokrat?«
»Ja.«
»Immer noch dabei, wie?«
»Warum nicht?«
»In Ihrem Alter sollte man vernünftig werden.«
»Sie meinen, da zieht man Bilanz?«
»Ich glaube ja.«
»Ich bin neunundsechzig.«
»Ein schönes Alter.«
»Ja.«
»Eigentlich bin ich kein richtiger Nationaldemokrat.«
»Sondern?«
»Nationalsozialist.«
»Aber?«
»Das darf man nicht laut sagen.«
»Verstehe.«

»Obwohl das nicht stimmt.«
»Was stimmt nicht?«
»Nichts stimmt. Wenigstens nicht mehr.«
»Warum stimmt nichts mehr?«
»Na, ich meine nur so.«
»Was meinen Sie?«
»Irgendwas stimmt ja da nicht.«
»Stimmt das wirklich?«
»Das stimmt.«
»Ein Wunder, daß überhaupt noch was stimmt.«
»In diesem Land?«
»Richtig.«

2.

»Unlängst war ich in Frankfurt. In der Bahnhofsgegend. Wußte gar nicht, daß ich in Frankfurt war. Dachte, ich wäre im Ausland.«

»Warum?«

»Weil ich kein Deutsch gehört habe.«

»Nur Fremdsprachen?«

»Ja.«

»Wollte ein Frankfurter Würstchen essen. In Frankfurt. Verstehen Sie? Warum sollte ein Deutscher in Frankfurt keine Frankfurter essen? Na also. Ging also in 'ne Imbißstube, um was zu essen, die Frankfurter, mein' ich. Und natürlich 'n Bier zu trinken. Warum auch nicht. Ja, so ist das. Aber schief angeguckt haben die mich, weil ich ihre merkwürdige Sprache nicht konnte. Alle haben sie so komisch geguckt, die Gastarbeiter, mein' ich, die schwarzhaarigen Kerle hinter dem Tresen und die an den Stehtischen. Hab' direkt 'ne Gänsehaut bekommen. Die Frankfurter blieb mir im Hals stecken, und das Bier wollte nicht richtig runter. Ja, verdammt noch mal.«

»Sie sind also aus Frankfurt?«

»Ganz im Gegenteil. Ich war dort nur zu Besuch.«

»Und woher kommen Sie, wenn man fragen darf?«

»Aus Ober-Teutoburg.«

»Aber Sie haben ja vorhin Ihren eigenen Bahnhof nicht erkannt!«

»Weil ich schon seit Jahren nicht mehr auf dem Bahnhof war.«

»Sie fahren wohl sonst nur mit dem Auto?«

»Sie haben's erraten.«

»Immer im eigenen Wagen?«

»Natürlich. Aber der wurde in Frankfurt abgeschleppt.«
»Eine Panne, nehme ich an?«
»Eine Panne.«

»Und Sie?«
»Ich komme aus Hannover.«
»Und sind gerade hier angekommen?«
»Nein.«
»Was denn?«
»Ich wollte gerade wieder wegfahren.«
»Sie waren also in Ober-Teutoburg? Besuchsweise, nehme ich an?«
»Nein. Beruflich.«

»Also beruflich?«
»Ja.«
»In so einem Nest wie Ober-Teutoburg?«
»Warum nicht.«
»Sind Sie Handelsvertreter?«
»Nein.«
»Bestimmt kein Buchhändler?«
»Das auch nicht.«
»Denn bei uns gibt es keine Buchhandlungen.«
»Das weiß ich.«
»Was sind Sie?«
»Ich bin Journalist«

»Was mag wohl ein Journalist in Ober-Teutoburg suchen?«
»Raten Sie mal.«
»Er will seine Nase in Dinge hineinstecken, die ihn nichts angehen?«
»Richtig.«
»Er möchte eins aufs Dach kriegen?«
»So ist es.«

»Er sucht Stoff für einen Artikel?«
»Jawohl.«
»Um friedliche Leute in ihrer Beschaulichkeit zu stören?«
»Wie man's nimmt.«
»Um politischen Zündstoff zu liefern?«
»Ja.«
»Um das Ausland zu warnen?«
»Nicht das Ausland.«
»Wen denn?«
»Deutschland!«

»Sie haben recht mit der Beschaulichkeit. Das Städtchen wirkt ein wenig verschlafen. Auch die Leute. Freundliche Leute übrigens.«
»Ja. Es sind freundliche Leute.«
»Sie werden nur böse, wenn man sie sticht.«
»So wie Kühe auf einer Wiese, wenn die Stechmücken beißen?«
»Ungefähr so.«
»Haben Sie deshalb Durchfall?«
»Ja.«
»Ich nicht.«
»Bei Ihnen war's die Ochsenschwanzsuppe, die Bockwurst, der Kartoffelsalat und das Bier.«
»So ist es.«
»Bei mir war's die Angst.«
»Das haben Sie mir bereits gesagt.«
»Ja.«
»Zuerst waren die Leute freundlich, obwohl sie gleich merkten, daß ich ein Fremder war. Aber sie wußten natürlich nicht, daß ich was suchte, was mich nichts anging. Erst als sie's merkten, wurden sie anders.«
»Das Verhalten der Leute Ihnen gegenüber wurde anders?«

»So ist es.«

»Überall in der Stadt wurde gefegt und geputzt. Nirgendwo die geringste Spur von Abfällen, Zigarettenkippen oder gar Hundescheiße, nicht mal in den schwer zu säubernden Löchern und Rillen zwischen dem Kopfsteinpflaster. Türen und Fenster wurden auf Hochglanz poliert und alle Häuser rings um den Marktplatz frisch gestrichen, die alte Turmuhr repariert und aufgezogen ebenso wie das Glockenspiel am Rathaus. ›Morgen‹, so sagte man mir, ›trifft nämlich der neugewählte Bürgermeister ein.‹«

»Das war gestern?«

»Das war gestern!«

»›Wo ist denn euer Bürgermeister?‹ fragte ich. ›Der ist besuchsweise in Frankfurt‹, sagte man mir. ›Aber morgen zieht er endlich bei uns ein.‹«

»Das war gestern, sagten Sie?«

»Das war gestern!«

»Dann müßte der Bürgermeister heute ankommen?«

»Der kommt heute an.«

»Haben Sie sonst noch was gesehen, auf dem Marktplatz, mein' ich? Wurde ein Podium gebaut? Für die Ansprache des neuen, Burgermeisters? Eine Tribüne etwa? Und wurden Bänke aufgestellt? Und hat die Musikkapelle geprobt?«

»Selbstverständlich. Der ganze Marktplatz wurde in eine Arena verwandelt, eine hölzerne, versteht sich. Auch die Kapelle war da, zur Probe natürlich, alle Musiker in angebracht traditioneller Tracht.«

»Was wurde geprobt?«

»Wagner.«

„Sonst noch was?«

»Das Horst-Wessel-Lied.«

»Das echte?«

»Natürlich nicht. Eine leichte, aber geglückte Verfremdung.«

»Schön, nicht wahr?«

»Es war beeindruckend.«

»Ich habe immer noch Bauchschmerzen.«

»Ich nicht mehr.«

»Und ein würgendes Gefühl im Hals.«

»Die Angst?«

»Ja.«

»Können Sie die Angst nicht loswerden?«

»Nein.«

»Dann reden Sie ruhig weiter.«

»Beim Horst-Wessel-Lied weinten ein paar alte Frauen. Ich nehme an: Es waren Erinnerungen. Die Jugend, verstehen Sie. Denn damals waren sie noch nicht alt, und deshalb war die Zeit schön. Erinnerungen: an einen Heimabend, an ein Lagerfeuer, eine Fahrt ins Blaue mit ›Kraft durch Freude‹ oder so was, vielleicht an einen Fünfuhrtee in einem Waldlokal oder an eine tolle Liebesnacht. Damals versteckten sie noch nicht ihre alten Gesichter hinter Kopftüchern oder dicken Mützen, denn was einem aus dem Spiegel entgegenstarrte, dem konnte man vertrauen. Damals trugen sie die Köpfe noch hoch und lächelten auf der Straße. Und damals, als die Bomben noch nicht fielen, ich meine: die Zeit vorher, da herrschte Jubel auf den Straßen von Ober-Teutoburg. Ich glaube, daran dachten sie gestern bei den Klängen des Horst-Wessel-Liedes, nicht an den Krieg und an die bösen Bomben, sondern an die Zeit vorher: an wehende und flatternde Fahnen, die eine neue und frohe Zukunft versprachen. All das ist vorbei, und es kann nicht umsonst gewesen sein.«

»Auch die alten Männer wurden erregt, aber sie weinten nicht. Sie bekamen nur strahlende Augen und rekkten ein wenig die Brust. Damals war auch der Schmächtigste ein echter Mann, einer in kesser Uniform und blanken Stiefeln. Das Horst-Wessel-Lied kitzelte die Erinnerung. Ist ja so, nicht wahr? Da denkt man an pralle Hintern und blauäugige Bewunderung: ›Mensch, Franz oder Hannes, die Uniform steht dir gut, wußte gar nicht, daß du so ein toller Kerl bist, komm, wir hupfen mal ins Bettchen. Oder hast du 'ne andere? Ich will auch mal mit dir. Du bist ein deutscher Mann.‹«

»Einige Leute in mittleren oder jüngeren Jahren blickten verlegen. Bei den ganz Jungen war es anders. Manche in Lederjacken und Stiefeln – es waren wenige – blickten fast so wie die Alten, andere aber in lässigen Jeans und Pullis blickten gleichgültig, als ginge sie das alles nichts an. Sie standen dort, manche mit, manche ohne Motorräder, viele allein, andere mit ihren Mädchen. Gleichgültig, hab' ich gesagt, aber die Alten steckten sie an. Sie tuschelten mit den Jungen und grinsten, und die Jungen nickten und blickten unsicher auf die Alten. Einer der Jungen sagte: ›Raus mit den Ausländern!‹ und ein anderer sagte: ›Man müßte den Russen mal zeigen, wer wir sind, und auch den Amis, den Engländern und den Franzosen!‹«

»›Wann kommt der neue Bürgermeister?‹ fragte ich eine alte Frau.

›Der kommt morgen‹, sagte sie.

›Was hat er euch versprochen?‹

›Er hat uns die alte Ordnung versprochen.‹

›Welche alte Ordnung?‹

›Die Ordnung von damals, als Deutschland noch groß war.‹

›Wie groß?‹

›Größer als jemals zuvor.‹

›Das Hakenkreuz?‹

›Es heißt jetzt anders.‹

›Wie heißt es?‹

›Das wissen wir noch nicht.‹

›Hat er noch was versprochen – der neue Bürgermeister?‹

›Er hat auch versprochen, daß er die neuen Juden verjagen wird.‹

›Welche neuen Juden?‹

›Die Gastarbeiter!‹

›Habt ihr denn Gastarbeiter in Ober-Teutoburg?‹

›Nein.‹

›Dann kann er keine verjagen!‹

›Es geht nicht um Ober-Teutoburg‹, sagte die alte Frau. ›Es geht um Deutschland.‹

›Wo ist Deutschland?‹

›Dort, wo Deutsche wohnen.‹«

»›Ich habe gehört‹, sagte ich zu der alten Frau, ›daß der neue Bürgermeister während des Krieges in Polen gewesen war.‹

›Das weiß ich nicht‹, sagte die alte Frau.

›Er war ein SS-Sturmbannführer!‹

›Das weiß ich nicht‹, sagte die alte Frau.

›Er hatte den Oberbefehl bei den Judenerschießungen und der Liquidierung der polnischen Führungsschicht im Generalgouvernement im Raum östlich von Krakau.‹

›Das weiß ich nicht‹, sagte die alte Frau.«

»Ich fragte noch andere Leute und erhielt immer dieselbe Antwort. Hinter meinem Rücken wurde geflüstert. Als die Kapelle mit den Proben zu Ende war, sah ich mich von einer feindseligen Menschenmasse umringt.

Sie taten mir nichts, und trotzdem hatte ich das Gefühl, daß ich umgebracht wurde.«

»Ich verließ den Marktplatz und ging zum Fluß hinunter. Ich hatte Angst und wußte nicht warum. Später ging ich in mein Hotel.«

»Es hatte sich rasch herumgesprochen, daß ein Störenfried in der Stadt sei. Im Hotel sagte man mir, daß ich morgen wieder ausziehen müsse, obwohl ich das Zimmer für drei Tage gemietet hatte.

›Warum?‹ fragte ich.

›Ich weiß es nicht‹, sagte der Portier.«

»Irgendwas stimmte nicht mit dem Zimmerschlüssel. Ich kriegte die Tür nicht auf. Schließlich ging ich zurück zum Portier und fragte, warum der Schlüssel nicht passe.

›Ich habe Ihnen den falschen Schlüssel gegeben‹, sagte der Portier. Er gab mir widerwillig den richtigen und verlangte nochmals meinen Paß.«

»Mein Zimmer war nicht aufgeräumt, die Handtücher und Bettwäsche nicht gewechselt worden. Als ich nach dem Zimmermädchen klingelte, kam niemand.«

»Ich ging in der Altstadt spazieren. Wo immer ich vorbeikam, wurden die Fenster geschlossen. Aber bald gingen die Fenster wieder auf, wurden aufgerissen … kaum war ich vorbei … und böse, gehässige Augen starrten mir nach. In einer schmalen Gasse fiel ein Blumentopf krachend aufs Pflaster, nur wenige Meter von mir entfernt. Ich rief einen Polizisten und beschwerte mich, aber der zuckte mit den Achseln und lachte.«

»In der Nähe des Marktplatzes wurde ich fast überfahren, zuerst von einem kleinen, verbeulten Volkswagen, dann von einem Mercedes, später von einer Rockergruppe, die mit ihren schweren Maschinen dicht an mir vorbeisauste.«

»In einer Kneipe wurde ich nicht bedient. Der Wirt ignorierte mich und las die Bild-Zeitung. Als ich ihn zum zweiten Male fragte, ob er ein Bier hätte, blickte er mich drohend an.«

»In einem kleinen Restaurant aß ich zu Mittag. Ich war der erste Gast und wurde als letzter bedient. Die Suppe war kalt, das Fleisch fett und zäh, das Gemüse zerkocht, die Kartoffeln schwarzfleckig. Die Leute am Nebentisch unterhielten sich laut und beachteten mich nicht. Sie lachten und lärmten und ließen ihren Bierkrug viermal füllen. Später tuschelten sie und blickten kalt und verächtlich zu mir herüber.«

»In einer Konditorei fing ich Gesprächsfetzen auf. Ein paar alte Tanten unterhielten sich über irgendeinen Wehrsportverein, dessen Hauptquartier im alten Schloß hinter der Stadt zu liegen schien. Ich weiß nicht, ob es sich um die Siegfriedjugend handelte oder um den Wehrsportverein Hoffnung. Eine der Tanten sagte: ›Karls Vater ist am Don gefallen. Er würde stolz auf Karl sein.‹ Und die andere Tante sagte: ›Karl übt mit seinen Leuten im Wäldchen hinter dem Schloß.‹

›Wie sieht so ein Kriegsspiel aus?‹ fragte die erste Tante. ›Ich weiß nicht‹, sagte die andere. ›Karl spricht nie darüber.‹

›Tragen die Gewehre?‹

›Selbstverständlich. Die haben sogar einen alten, zerschossenen Panzer.‹

›Ein Museumsstück?‹

›Längst nicht mehr. Sie haben ihn wieder geflickt.‹

›Kann man einen Panzer flicken?‹

›Ich weiß es nicht. Aber Karl sagt, daß man das kann.‹«

»Auf einer Parkbank sprachen zwei alte Männer über die Rückkehr nach Breslau und von Geld, das für die Vertriebenenverbände gesammelt werden sollte.

›Früher oder später‹, sagte der eine, ›wird uns der Ami die Atombombe überlassen; dann scheißen die verdammten Polacken in die Hosen.‹

›Und der Russe?‹

›Der macht keinen Mucks.‹

›Die Ostgebiete müssen wieder deutsch werden!‹

›Was Recht ist, ist Recht.‹

›Jawohl.‹

Sie sprachen dann über die Wehrsportgruppe, ohne den Namen der Gruppe zu erwähnen. Der eine sagte: ›Die Jungs kennen den Krieg nur von unseren Erzählungen. Sie spielen jetzt, aber eines Tages wird es bitterer Ernst werden.‹

›Hast du den alten Panzer gesehen?‹

›Ich hab' ihn gesehen.‹«

3.

»Ich lag lange wach in meinem Hotelzimmer. Morgen, so sagte ich mir, wirst du dabeisein, wenn der neue Bürgermeister seinen Einzug hält. Du wirst seine Antrittsrede hören ... am Marktplatz vor dem alten Rathaus ... und du wirst die Gesichter der Leute studieren. Jeder weiß, daß der Bürgermeister ein Massenmörder war, aber keiner will etwas gewußt haben. Dann schlief ich ein und hatte Alpträume.«

»Im Traum sah ich den neuen Bürgermeister in schwarzer SS-Uniform. Er stand auf der Rednertribüne auf dem Marktplatz in Ober-Teutoburg. Überall wehten Hakenkreuzfahnen. Die Menge schrie: ›Heil! Sieg Heil.‹ ›Und wir werden wieder marschieren‹, sagte der Bürgermeister. ›Verlaßt euch drauf. Die Amis haben uns die Atombombe gegeben. Es gibt keinen amerikanischen Atomschutz mehr. Wir haben jetzt deutschen Atomschutz!‹

Die Menge brüllte. Die alten Männer lachten, und die alten Frauen weinten. Die jungen Männer in Lederjacken mit dem Runenzeichen am Ärmel rissen den rechten Arm in die Höhe und schrien ›Heil‹, und die anderen jungen Männer, die nur Jeans trugen, folgten ihnen, wenn auch nur zögernd. Die Mädchen machten es ebenso. Auch die alten Männer hoben den rechten Arm und auch die alten Frauen.

›Wir werden ins Sudetenland zurückmarschieren‹, sagte der neue Bürgermeister, ›und nach Schlesien und ins Memelgebiet und in die Ostmark und nach Leipzig und nach Stettin und nach Königsberg. Auch Danzig wird wieder deutsch werden. Und wir werden die fremden Truppen herausjagen und die Ausländer. Und es wird keine Rassenschande geben. Blut dem Blute.‹«

»Dann sah ich mich im Traum vor dem neuen Volksgericht.

›Sie sind also der Journalist, der hierhergekommen ist, um Stunk zu machen?‹

›Ja.‹

›Sie wollten über den neuen Bürgermeister schreiben?‹

›Jawohl.‹

›Um das Ausland zu warnen?‹

›Mir ging's um Deutschland.‹

›Was haben Sie dem Bürgermeister vorzuwerfen?‹
›Ich werfe ihm Volksverhetzung vor!‹
›Was noch?‹
›Er ist ein Massenmörder, der nicht verurteilt wurde!‹
›Es ist nichts bewiesen!‹
›Er hat im Raum östlich von Krakau Tausende von Juden erschießen lassen. Und vorher die polnische Führungsschicht.‹
›Alles Lüge. Wann soll denn das gewesen sein?‹
›Die polnische Führungsschicht im Jahre 1939.‹
›Und die Juden?‹
›Später.‹
›Was für Juden?‹
›Auch Frauen und Kinder.‹«

»Sind Sie aus Ihrem Alptraum erwacht?«
»Natürlich bin ich aufgewacht. Es war schon zehn, und ich hatte mein Frühstück verpaßt. Ich wollte zum Marktplatz gehen, weil ich wußte, daß der neue Bürgermeister so gegen Mittag ankommen sollte, in seinem Mercedes, versteht sich. Aber ich hatte Angst. Ich rannte zum Bahnhof, bekam Bauchschmerzen und ging zur Herrentoilette.«
»Und die war außer Betrieb!«
»Ja.«
»Dann trafen Sie mich. Auch ich hatte Bauchschmerzen.«
»Stimmt.«
»Wir gingen dann zusammen zur Damentoilette.«
»So war's.«

»Der neue Bürgermeister sollte im Mercedes auf dem Marktplatz ankommen, haben Sie gesagt? So gegen Mittag?«
»Ja.«

»Dann müßte er jetzt schon dort sein.«
»Das stimmt.«
»Er ist aber nicht dort.«
»Woher wissen Sie das?«
»Ich weiß es eben.«

»Der neue Bürgermeister hatte nämlich eine Panne und mußte den Zug nehmen.«
»Hat er den Zug genommen?«
»Ja.«
»Ist er im Zug nach Ober-Teutoburg gefahren?«
»Selbstverständlich.«
»Wann ist er hier angekommen?«
»Vor kurzem.«
»Hier auf dem Bahnhof?«
»Ja.«
»Wo ist er jetzt?«
»Auf der Damentoilette.«
»Was soll das bedeuten?«
»Denken Sie mal nach!«
»Sind Sie etwa der neue Bürgermeister?«
»Ja. Ich bin der neue Bürgermeister!«

»Entschuldigen Sie, Herr Bürgermeister. Ich bin nämlich fertig.«
»Ich auch.«
»Ich möchte mich gerne säubern.«
»Ich auch.«
»In meiner Kabine ist aber kein Klopapier.«
»In meiner Kabine auch nicht«
»Haben Sie nicht zufällig ein Papiertaschentuch?«
»Nein.«
»Ich auch nicht.«
»Was machen wir jetzt?«
»Ich weiß es nicht.«

»Wir könnten warten, bis jemand auf diese Damentoilette kommt.«
»Das könnten wir.«
»Und die betreffende Person um etwas Papier bitten, vielleicht eine Zeitung oder so was. Glauben Sie nicht?«
»Das wäre möglich.«
»Es geht aber nicht.«
»Warum?«
»Weil die betreffende Person, die hier hereinkommen könnte, wahrscheinlich eine Dame sein wird und weil ich als Bürgermeister mich in diesem Falle unmöglich machen würde. Ich kann mich doch nicht so kompromittieren.«
»Sie meinen: bloßstellen?«
»Jawohl.«
»Ich könnte die Dame an Ihrer Stelle um Papier bitten!«
»Das geht auch nicht.«
»Warum?«
»Vielleicht ist die Dame nicht emanzipiert! Sie könnte vor Entrüstung die Polizei alarmieren oder den Bahnhofsvorsteher rufen. Man würde uns beide entdecken, und ich, der Bürgermeister, sitze dann ganz schön in der Patsche. Vergessen Sie nicht, daß ich mir so was nicht leisten kann. Die ganze Stadt ist meinetwegen geschmückt. Tausende warten, um einen Blick zu erhaschen, einen Blick von mir, dem neuen Bürgermeister!«
»Da haben Sie eigentlich recht.«
»Schließlich bin ich das Deutschland von morgen!«
»Das glaube ich nicht.«
»Egal, was Sie glauben. Die Presse wird auf mir herumhacken, sogar die neuen Konservativen, für die ich nur der alte bin, ein Erzkonservativer und Reaktionär.«
»Es würde Ihrem Image schaden.«
»Mehr als das. Es ist sogar undenkbar.«

»Wie meinen Sie das?«

»Ich bin das Symbol für Ruhe und Ordnung, vor allem für Ordnung. Folglich kann ich nicht auf einer Damentoilette sitzen. Verstehen Sie?«

»Das versteh' ich schon.«

»Na also.«

»Ja.«

»Es kann also nicht sein, daß ich hier sitze. Folglich sitze ich nicht hier.«

»Sie sitzen nicht hier.«

»Sagen Sie das noch mal. Es tut gut.«

»Sie existieren nicht. Sie haben mal existiert, aber Sie existieren nicht mehr.«

»Ich danke Ihnen.«

»Ich bin verzweifelt, mein Herr.«

»Das kann ich begreifen.«

»Was soll ich nur machen?«

»Ich weiß es nicht.«

»Ich habe nicht mal ein Taschentuch aus Baumwolle. Und nirgends ein Stückchen Zeitungspapier oder wenigstens einen Fetzen.«

»Ich auch nicht.«

»Ich habe nur meine Antrittsrede in der Westentasche.«

»Ihre Antrittsrede?«

»Ja.«

»Auf Papier?«

»Selbstverständlich.

»Sorgfältig aufgeschrieben?«

»Natürlich.«

»Die könnten Sie als Klopapier benützen!«

»Meine Antrittsrede?«

»Ja.«

»Das könnte ich.«

»Es wird Ihnen nichts anderes übrigbleiben.«
»Sie haben recht.«

»Es ist bedauerlich, daß man sich als neugewählter Bürgermeister mit seiner eigenen Antrittsrede nur noch den Arsch abwischen kann, so als wäre sie zu nichts anderem mehr nütze.«

»Die Antrittsrede ist eben reaktionär.«

»Ich habe sie mit Überzeugung geschrieben, als alter Nationalsozialist.«

»Das hab' ich mir gedacht.«

»Im Geist von gestern.«

»Gestern?«

»Ja.«

»Gestern ist nur noch ein Loch im Geschichtsunterricht.«

»Was sagen Sie da!«

»Und ein leises Unbehagen in der Magengrube.«

»Na, hören Sie mal!«

»Auch ein Schuldsack, den die Alten den Jungen aufgehalst haben.«

»Was soll das!«

»Ich sehe das so.«

»Verdammt noch mal.«

»Beruhigen Sie sich!«

»Und meine Antrittsrede?«

»Die hat ja ihre Bestimmung!«

»Ihre Bestimmung?«

»Ja.«

»Für mich stürzt eine Welt zusammen.«

»Das kann ich begreifen.«

»Es muß die Vorsehung sein!«

»Vielleicht.«

»Es kann gar nicht anders sein.«

»Ja.«

»Hier ist meine Antrittsrede. Wollen Sie die Hälfte?«

»Die nehme ich gern.«

»Ich schiebe sie unter die Trennungswand.«

»Danke.«

»Schließlich brauchen auch Sie Papier!«

»Ja.«

»Ich lasse Sie nicht im Stich.«

»Das weiß ich zu schätzen.«

»Man ist ja Mensch.«

»Natürlich.«

Zukunftsterrorismus oder Kernkraftwerke

1.

An das Oberhaupt der Regierung – beziehungsweise – an den Präsidenten unserer parlamentarischen Demokratie, der jungen Friedensrepublik »Respublico«.

Sehr geehrter Herr Präsident,

Sie sind der Vater dieser Republik. Sie waren es auch, der es schließlich durchgesetzt hatte, daß die Esperanto-Friedenssprache neben unserer eigenen zur Landespflichtsprache erklärt wurde. Wie Sie selbst am Gründungstag der Republik bekanntgaben: zum Zeichen der Völkerverständigung, der Neutralität und des Friedens. Sie haben uns viele Ideen geschenkt, unter anderem auch die völlige Umstellung auf die friedliche Kernenergie, die uns unabhängig und frei gemacht hat. Aber das wollte ich gar nicht sagen. Der Grund meines Schreibens ist nämlich folgender: Ich habe soeben in der Extraausgabe meiner Kegelklubzeitung gelesen, daß gestern das letzte der vielen Kernkraftwerke fertiggestellt worden ist. Welch eine Leistung! Jetzt können die Ölproduzenten ihr eigenes Öl fressen. Wir brauchen sie nicht mehr!

Darf ich Ihnen, sehr geehrter Herr Präsident, zum gestrigen Tag, der – wie die Zeitung schreibt – als Tag der

»Energieversorgungsunabhängigkeit« oder Tag der EVU in die Geschichte unserer jungen Friedensrepublik eingehen wird, herzlichst gratulieren.

Hochachtungsvoll
Zibulsky

Sehr geehrter Herr Zibulsky,

Millionen biederer Bürger haben mir bereits gratuliert, da die überregionale Presse die Nachricht noch vor Ihrer Kegelklubzeitung gebracht hat. Ihnen aber danke ich ganz besonders herzlich, weil Sie, sehr geehrter Herr Zibulsky, mit dem Zibulsky identisch sind, bei dem ich seit Jahren mein Frischgemüse kaufe.

Hochachtungsvoll
Der Präsident

Sehr geehrter Herr Präsident,

ich bin leider nicht der Gemüsehändler Zibulsky, bei dem Sie seit Jahren Ihr Frischgemüse kaufen, sondern der Generalsekretär einer rechtsradikalen Bewegung, deren Namen im Augenblick noch geheim bleibt. Der Zweck meines heutigen Schreibens ist nur eine Frage: Werden Sie jetzt endlich mit den Ausländern kurzen Prozeß machen, das rassische Minoritätenproblem endgültig lösen und die durch internationale Erpressung verlorenen Landesprovinzen zurückholen?

Hochachtungsvoll
Zibulsky (Generalsekretär)

Sehr geehrter Herr Generalsekretär,

das geht leider nicht.

Hochachtungsvoll
Der Präsident

Sehr geehrter Herr Präsident,

Sie wissen genau, wie anfällig Ihre Kernkraftwerke sind. Vertreiben Sie sofort die Ausländer und die Minoritäten und holen Sie unsere verlorenen Provinzen zurück! Wenn Sie unsere Forderungen nicht erfüllen, dann werden wir ganz einfach ... Ihre Kernkraftwerke in die Luft sprengen, und zwar gezielt in sämtlichen Provinzen. Sie wissen ja, was das bedeutet!

Hochachtungsvoll
Der Generalsekretär

Sehr geehrter Herr Generalsekretär,

das würde nicht nur unsere Wirtschaft lahmlegen, das würde ja unsere Luft verseuchen! Eine atomare Katastrophe mit unvorstellbaren Folgen!

Hochachtungsvoll
Der Präsident

PS So was können Sie doch nicht machen!

Sehr geehrter Herr Präsident,

und ob wir das können!

Hochachtungsvoll
Der Generalsekretär

Sehr geehrter Herr Generalsekretär,

unsere Kernkraftwerke sind dank der notwendigen Sicherheitsmaßnahmen völlig vor Terroranschlägen geschützt. Keiner kann bei uns Bomben legen.

Hochachtungsvoll
Der Präsident

Sehr geehrter Herr Präsident,

Sie glauben doch nicht im Ernst daran, daß wir so dumm sind und nach altmodischem Muster kleine Bömbchen (womöglich in einem Handkoffer) ins Kernkraftwerk schmuggeln beziehungsweise: viele Handköfferchen in viele Kernkraftwerke? So arbeiten wir nicht mehr. Dank großzügiger Spenden verschiedener Industrieller sind wir heute in der Lage, uns die modernsten Waffen zu beschaffen. Wir besitzen noch keine Atombomben, aber die brauchen wir gar nicht. Die konventionellen Raketengeschosse, die wir im Ausland eingekauft haben, stehen bereit, in sicherer Entfernung, versteht sich. Wenn Sie nicht innerhalb einer Woche sämtliche Ausländer und Fremdgruppen vertreiben und außerdem die geraubten Gebiete zurückholen, dann werden die Kernkraftwerke in die Luft fliegen! Das ist keine leere Drohung.

Wir meinen es ernst. Wenn das Volk seine Ehre nicht zurückholt, dann hat es sowieso keine Lebensberechtigung. Das wurde schon mal gesagt!

Hochachtungsvoll
Der Generalsekretär

Sehr geehrter Herr Generalsekretär,

ich komme soeben von einer außerordentlichen Sitzung des Parlaments zurück. Verschiedene Herren und Damen (wir haben jetzt auch Damen hier) sind der Meinung, daß es sich bei Ihren Briefen nur um leere Drohungen handelt, andere aber, darunter auch ich, sind da nicht so sicher. Um kein Risiko einzugehen, sind wir bereit, sämtliche Forderungen Ihrer Bewegung zu erfüllen. Wir werden – und dies zu Ihrer Beruhigung – schon morgen mit den ersten Ausländer- und Minoritätenmaßnahmen beginnen. Ende der Woche geht ein Ultimatum an die Anrainerstaaten wegen der abgetrennten Provinzen. Bitte, tun Sie inzwischen nichts Unüberlegtes, und haben Sie noch ein paar Tage Geduld.

Hochachtungsvoll
Der Präsident

2.

Sehr geehrter Herr Präsident,

ich bin ebenfalls Präsident, und zwar: der Präsident einer linksradikalen Bewegung, die wir gerade gegründet haben. Wenn Sie Ihr kapitalistisches Scheißsystem nicht innerhalb einer Woche ändern, dann zertrümmern wir Ihre Kernkraftwerke.

Hochachtungsvoll
Der Präsident

Sehr geehrter Herr Präsident,

besitzen Sie auch Raketengeschosse wie die Rechtsradikalen, oder haben Sie andere Möglichkeiten?

Hochachtungsvoll
Der Präsident

Sehr geehrter Herr Präsident,

so viel Geld wie die Rechtsradikalen haben wir nicht. Aber es reicht, um einige alte Bombenflugzeuge aus den Mottenkisten des vorletzten Krieges zu kaufen, genug, um ganze Arbeit zu leisten. Die Bomben kriegen wir mitgeliefert.

Hochachtungsvoll
Der Präsident

Sehr geehrter Herr Präsident,

ich habe mich mit den zuständigen Herren und Damen meiner Regierung beraten. Da wir nicht wissen, ob Sie nur bluffen oder tatsächlich in der Lage sind, Ihre Drohungen wahr zu machen, und da wir kein Risiko eingehen können, sind wir bereit, Ihnen entgegenzukommen. Nur wissen wir nicht, wie man das System ändern soll!

Was für ein Linkssystem wünschen Sie eigentlich? Es gibt da verschiedene Muster.

Hochachtungsvoll
Der Präsident

3.

Sehr geehrter Herr Präsident,

ich bin ein Chaot. Mit friedlichen Demonstranten habe ich nichts zu tun. Ich bin nicht friedlich. Ich schlage Fensterscheiben ein, habe Bankeinbrüche gemacht und neulich das Finanzamt in die Luft gejagt. Wir – das heißt: meine Leute und ich – planen jetzt eine neue Aktion, bei der wir die ganze Stadt kaputtschlagen. Sollte es Ihrer Polizei einfallen, uns zu stören, dann lassen wir nächste Woche Ihre Kernkraftwerke hochgehen.

Hochachtungsvoll
Chaot

Sehr geehrter Herr,

ich nehme nicht an, daß Sie über die technischen Möglichkeiten verfügen wie die Links- und Rechtsradikalen. Wahrscheinlich haben Sie bloß Verbindungen zu unseren eigenen Beamten im Sicherheitsdienst, obwohl das kaum anzunehmen ist, da wir gründlich gesiebt haben. Trotzdem können wir kein Risiko eingehen, auch nicht das geringste. Da wir nicht in der Lage sind, Ihre Drohungen ernstlich zu überprüfen, bin ich bereit, Ihnen entgegenzukommen. Sie können die ganze Stadt kaputtschlagen. Unsere Polizei wird keinen Finger rühren.

Hochachtungsvoll
Der Präsident

4.

Sehr geehrter Herr Präsident,

ich bin ein Prophet auf der Suche nach einer eigenen Irrenanstalt. Wenn Sie mir eine bauen lassen, dann nehme ich meine Prophezeiung zurück.

Hochachtungsvoll
Prophet

Sehr geehrter Prophet,

welche Prophezeiung?

Hochachtungsvoll
Der Präsident

Sehr geehrter Herr Präsident,

ich habe prophezeit, daß die Kernkraftwerke, auch die für friedliche Zwecke, den Untergang der Republik bedeuten.

Hochachtungsvoll
Prophet

Sehr geehrter Prophet,

wir bauen Ihnen Ihre eigene Irrenanstalt.

Hochachtungsvoll
Der Präsident

Sehr geehrter Herr Präsident,

danke für die Irrenanstalt, aber die Prophezeiung läßt sich nicht mehr zurücknehmen.

Hochachtungsvoll Prophet

5.

Sehr geehrter Herr Präsident,

ich bin der Vater eines fünfjährigen Jungen, der ein Wunderkind ist. Er hat nämlich einen Computer erfunden, der imstande ist, im Umkreis von zwanzig Kilometern kleine Erdbeben zu verursachen. Mein Sohn fängt jetzt mit einer Massenproduktion seiner Erfindung an. Wenn Sie nicht sofort einen neuen Spielplatz in unserem Wohnblock bauen (hier gibt's nämlich keine), dann wird mein Sohn Ihre Kernkraftwerke mit einem kleinen Erdbeben schütteln.

Hochachtungsvoll
Besorgter Vater

Sehr geehrter Herr,
es ist unmöglich, daß ein Fünfjähriger so was erfinden kann.

Hochachtungsvoll
Der Präsident

Sehr geehrter Herr Präsident,

soll mein Sohn mal beweisen, was er kann?

Hochachtungsvoll
Besorgter Vater

Sehr geehrter Herr,

um Gottes willen! Ihr Sohn soll gar nichts beweisen! Wir tun, was Sie verlangen, und bauen ab sofort einen neuen Spielplatz in Ihrem Wohnblock.

Hochachtungsvoll
Der Präsident

6.

Sehr geehrter Herr Präsident,

ich heiße Zibulsky und bin ein exzentrischer Multimillionär. Gestern sagte mir mein Arzt, daß ich nur noch zwei Tage zu leben habe. Krebs. Da ich nicht gern allein sterben möchte, sondern in Gesellschaft meiner lieben Mitbürger, werde ich Sie, sehr geehrter Herr Präsident, und die gesamte Bevölkerung dieser friedlichen Republik mit ins Jenseits nehmen. Wie ich das machen werde? Sehr einfach: Ich werde meiner Privatarmee Auftrag geben, Ihre Kernindustrie zu zerstören. Eine Kleinigkeit für mich, da meine Privatarmee seit Jahren bereitsteht und nur auf einen Wink von mir wartet.

Hochachtungsvoll
Zibulsky (exzentrischer Multimillionär)

Sehr geehrter Herr Zibulsky,

ich heiße nämlich auch Zibulsky. Viele heißen so. Was soll ich Ihnen noch sagen, lieber Herr Zibulsky? Unsere friedliche Republik ist am Ende. Wer weiß … vielleicht sagt der liebe Gott ein zweites Mal: Es werde Licht!

Hochachtungsvoll
Zibulsky (abgedankter Präsident)

God bless America!

Und eines Tages sagte sich Zibulsky: Ich fahre nach Amerika!
Das ist ein freies Land!
Dort kriechen die Kakerlaken
ganz unbekümmert
aus den stinkenden Slums der Armen
bis in die Villen der Reichen.
Ein großes und freies Land!
Dort hat jeder eine Chance.
Auch Zibulsky.
Dort gibt's kein Einwohnermeldeamt!
Und keinen Polizeistaat.
Dort herrscht auch Meinungsfreiheit.
Dort leben die Leute vernünftig:
hinter vergitterten Fenstern
wegen der Straßenkriminalität.
Dort tragen die Polizisten
noch große Kanonen.
Die baumeln kokett an den Hüften.
Amerika ist das Land der Verheißung!
Dort wurde ja auch
das Atomzeitalter erfunden
und eine Zukunft,
die uns allen Angst macht.

Telefongespräch

»Hallo. Bin ich richtig verbunden?«

»Hier sind Sie immer richtig verbunden!«

»Vielen Dank.«

»Okay, Mann.«

»Ich wollte nur mal mit dem Präsidenten sprechen.«

»Welchem Präsidenten?«

»Dem Präsidenten der Vereinigten Staaten.«

»Okay, Mann.«

»Bin ich wirklich richtig verbunden?«

»Ich hab's Ihnen doch gesagt: Hier sind Sie immer richtig verbunden.«

»Ist das Washington?«

»Das ist Washington!«

»Das Weiße Haus?«

»Das Weiße Haus!«

»Dann will ich endlich mit dem Präsidenten sprechen!«

»Dem Präsidenten der Vereinigten Staaten von Amerika?«

»Jawohl.«

»Am Apparat!«

»Wie bitte?«

»Ich hab' gesagt: Ich bin am Apparat!« Sind Sie wirklich der Präsident?«

»Der bin ich!«

»Guten Tag, Herr Präsident.«

»Guten Tag.«
»Ich bin der Neueinwanderer Zibulsky.«
»Freut mich sehr, Herr Zibulsky.«
»Ich rufe aus New York an.«
»Das ist aber ziemlich kostspielig … um diese Tageszeit.«
»Das macht nichts.«
»Ich fühl' mich wirklich geschmeichelt, Herr Zibulsky.«
»Das ist okay.«
»Okay auch meinerseits.«
»Ich rufe nämlich vom Flughafen an.«
»Vom Flughafen?«
»Jawohl.«
»Das ist um so schmeichelhafter. Ich meine: daß Sie, der Neueinwanderer Zibulsky, mich, den Präsidenten der Vereinigten Staaten von Amerika, direkt vom Flughafen anrufen.«
»Ja. Finde ich auch.«
»Freut mich sehr, Herr Zibulsky.«
»Kann ich mir denken.«
»Sind Sie gerade bei uns angekommen?«
»Nein, Herr Präsident. Ich haue gerade wieder ab.«

Epilog
oder
Der Stadtrundfahrer

An den Generalsekretär der Vereinten Nationen

Sehr geehrter Herr Generalsekretär,

es heißt, daß der Mensch seit Urzeiten von einer fernen, glücklichen Insel träumt. Warum sollte ich, Zibulsky, da eine Ausnahme sein?
Nun, sehr geehrter Herr Generalsekretär, ich wollte Ihnen an dieser Stelle nur mitteilen, daß ich, Zibulsky, meine Insel gefunden habe. Ich wohne jetzt in Berlin! Es geht mir gut. Da mein Paß gerade abgelaufen ist und ich ... wegen der Mauer ... nicht mehr aus der Stadt herauskann, fahre ich mit meinem Auto immer im Kreise herum.

Hochachtungsvoll
Zibulsky

Sehr geehrter Herr Zibulsky,

Sie sind nicht der einzige, der heutzutage nur noch im Kreise herumirrt. Das mit dem abgelaufenen Paß ist doch bestimmt bloß eine faule Ausrede. Wahrscheinlich wollen Sie gar nicht aus der Stadt heraus, weil Sie glauben, Berlin sei der einzige Ort auf der Welt, der sicher vor den Strahlenbomben ist.

Hochachtungsvoll
Zibulsky (Generalsekretär der Vereinten Nationen)

PS Ich komme auch nach Berlin. Haben Sie noch Platz in Ihrem Auto?

Nachwort

Am 10. September 1975 betritt Edgar Hilsenrath auf dem Flughafen München-Riem deutschen Boden. Drei Wochen zuvor war er von New York nach London geflogen, um beim Erscheinen seines Buches »The Nazi & the Barber« im Verlag W. H. Allen anwesend zu sein, Interviews zu geben, bei Veranstaltungen mitzuwirken. Er kommt nicht das erste Mal nach München. Schon ab Oktober 1967 hatte er fast ein Jahr lang in der Hauptstadt des Freistaates Bayern gelebt, die früher auch die Hauptstadt der nationalsozialistischen Bewegung war. Hier hatte Hilsenrath seinen Roman »Der Nazi & der Friseur« geschrieben. Genauer: die ersten vier Kapitel des Buches, welches in der ersten Fassung noch ein Briefroman war.

Damals aber hatte er vorgehabt, nach New York zurückzukehren. Schließlich hatte er einen Vertrag mit dem Verlag Doubleday & Company in der Tasche und der würde seinen Roman nicht in der Versenkung verschwinden lassen, wie es der in München (und Zürich) angesiedelte Kindler Verlag zuvor mit dem Gettoroman »Nacht« getan hatte.

Diesmal aber will Hilsenrath in Deutschland bleiben. Sein Gepäck hat er per Container nach München vorausgeschickt. Warum verließ er Amerika? In einem Interview hat er Antwort gegeben: »Ich bin zu lange drüben geblieben. Ich schuf mir ein Gefängnis aus Büchern, da ich immer ein Liebesverhältnis zur deutschen

Sprache gehabt habe. Ich habe eines Tages meine Koffer in Amerika gepackt, weil ich mir gesagt habe, wenn du jetzt den Sprung nicht wagst, dann schaffst du ihn nie.« Nur sechs Wochen später übersiedelt er nach Berlin. Auch weil man ihm dazu geraten hat. Dort sei er als Schriftsteller in Deutschland am besten aufgehoben. Vorsichtig orientiert er sich. Wie wird er als Jude aufgenommen werden? Muss er Angst haben? Er findet Bekannte, Freunde, Menschen, die ihm helfen. Zwei Jahre später erscheint – nach mancherlei vergeblichen Anläufen – sein Roman »Der Nazi & der Friseur« auch in Deutschland. Und wird zum Erfolg.

Zu einem Erfolg, der auch provoziert. Lesungen Hilsenraths werden in Kamen, Boenen und Dortmund von Neonazis gestört, der Autor unter Druck gesetzt; in Boenen muss er mit seinen Zuhörern in Privaträume ausweichen, um vorlesen zu können, in Kamen sieht er sich mit Schlägern mit Fahrradketten und Schäferhund konfrontiert, in Dortmund verhindern Gegendemonstranten und die Polizei die Sprengung seiner Veranstaltung. Die Presse, der Rundfunk reagieren alarmiert. Das Magazin *Der Spiegel*, die Wochenzeitschrift *Die Zeit* und die *Westfälische Rundschau* bitten Hilsenrath, Berichte über die Vorkommnisse zu schreiben. Er schreibt. Es entstehen drei gelungene, bissige, bitterböse Satiren. Das begeisterte Echo auf diese Publikationen animiert ihn, sich der bundesrepublikanischen Gegenwart mit Satiren und Grotesken zuzuwenden. Die Figur Zibulsky entsteht.

Wer ist Zibulsky? Jeder, der noch Fragen stellt und auch jeder, der keine Fragen mehr stellt. Jeder ist Zibulsky, alle sind wir Zibulsky. Also ist auch Hilsenrath Zibulsky. Er hört hin, beobachtet, klopft ab und lauscht dem Echo. Sechsundzwanzig Prozent der Deutschen vertreten rechtsradikale Positionen, fünfzehn Prozent wollen einen starken Führer! Und das geht durch alle Schichten der Bevölkerung.

Hilsenraths Satiren erinnern an ein Puzzle. Satire fügt sich an Satire und es entsteht ein Bild, das Bild einer Gesellschaft, eine Momentaufnahme, die vermuten lässt, dass diese Menschen noch lange nicht da angekommen sind, wo sie sein wollen: heraus aus der Vergangenheit, unangefochten von Nationalsozialismus, Antisemitismus, Fremdenfeindlichkeit, Obrigkeitshörigkeit und Opportunismus.

Er, der Jude, bildet auch seine Ängste ab. Glaubt nicht so ohne Weiteres an die Änderung der Menschen. Beständig findet er auf der Suche nach einer neuen Zeit, nach neuen Menschen, die Vergangenheit, die alten Nazis und Mitläufer. Liegt es an ihm?

Er, der Jude, der nicht verfolgt wird, »behandelt wie ein rohes Ei« – steckt voller Misstrauen gegen die Alten und voller Skepsis gegen die Jungen.

»Was ist Deutschland? Deutschland ist Deutschland. Deutschland wird immer Deutschland bleiben, trotz DDR, Nato, Fremdherrschaft, Gastarbeitern und japanischer Technik.«

Es fehlt nur der Zusatz, den er, davon bin ich überzeugt, heute schreiben würde: Wir sind Deutschland oder besser: Du bist Deutschland!

Immerhin: die Antrittsrede des alten Nazis und Kriegsverbrechers als neuer Bürgermeister, der »Deutschland« retten soll, taugt nur noch als Arschwisch. Gut zu wissen!

Eigentlich wollte er sich ja in seinen »deutschen« Schriften nicht mit Juden beschäftigen, aber in einer Groteske holt ihn der Mann aus Massada auch in Berlin ein. Der kommt als Überlebender und marschiert zielgenau in die größte denkbare Katastrophe für sein Volk:

Auschwitz! Doch auch das war nicht sein Ende. Er darf, kann und muss weiterwandern auf seinem Weg zu Gott. Wird er dort jemals ankommen? Das ist höchst unwahrscheinlich. Warum? Das ist eben so! Damit taucht wieder, wie oft in den Hilsenrathschen Werken, die Sinnfrage auf. War der Autor am Anfang seines Buches noch optimistisch, dass sich Antworten finden lassen – denn immerhin die Hälfte seiner Zibulskys stellte noch Fragen und er vermerkte, das »alles seine Bedeutung hat« – so hat ihn diese Gewissheit in den Jahren seines Aufenthaltes in Deutschland und im Fortschreiben seiner Zibulsky-Texte doch wieder verlassen. Er findet sich zurückgeworfen auf die Sinnlosigkeit allen Geschehens, die auch schon die Romane »Nacht« und »Der Nazi & der Friseur« bestimmte.

Gewiss, manches hat sich verändert in Deutschland seit Hilsenrath die Zibulsky-Satiren zwischen 1978 und 1981 schrieb, sogar gravierend. Texte mit DDR-Bezug gelten heute als Ostalgie, aber haben sie deshalb ihre Brisanz verloren?

Erschießen: nur auf Befehl! Aber: wer fragt da und wer antwortet? Der (west)deutsche Finanzbeamte oder der (ost)deutsche Stasi-Bademeister?

Es gehört zu Hilsenraths Hinterhältigkeiten, dass er Fragen stellt, Antworten aber häufig verweigert. Den Leser zum Philosophen machen! Denke selber, dann wirst du Antworten finden oder doch am Ende wenigstens wissen, dass du nichts weißt.

Am Ende des Buches steht ein Epilog, der zumindest einen versöhnlichen Ansatz hat: »Sehr geehrter Herr Generalsekretär (der Vereinten Nationen), es heißt, dass der Mensch seit Urzeiten von einer fernen, glücklichen Insel träumt ... ich wollte Ihnen an dieser Stelle nur mitteilen, dass ich, Zibulsky, meine Insel gefunden habe. Ich wohne jetzt in Berlin! Es geht mir gut.«

Schön zu wissen, auch wenn Zibulsky auf seiner Insel Berlin mit dem Auto immer im Kreise herumfahren muss. Auch eine Metapher für das ständige Kreisen Hilsenraths um die Vergangenheit, die Nazis, den Holocaust? Wird dieses Kreisen jemals aufhören? Nein, denn der Mensch ist ein Gefangener seines Gedächtnisses.

Helmut Braun

Editorische Notiz

Die Satiren dieses Bandes schrieb Edgar Hilsenrath zwischen 1978 und 1981. Sie wurden erstmalig unter dem Titel »Zibulsky oder Antenne im Bauch« 1983 im Claassen Verlag in Düsseldorf veröffentlicht. Anschließend wurden die Texte häufig in Zeitungen, Zeitschriften und Anthologien nachgedruckt. Der Autor schuf Hörspiel- und Theaterfassungen. Die Neuausgabe der Satiren in dieser Werkausgabe übernimmt die Texte der Erstausgabe unverändert.

Edgar Hilsenrath Fuck America
Edgar Hilsenrath Jossel Wassermanns Heimkehr
Edgar Hilsenrath Der Nazi & der Friseur
Edgar Hilsenrath Das Märchen vom letzten Gedanken
Edgar Hilsenrath Zibulsky oder Antenne im Bauch
Edgar Hilsenrath Erzählungen I
Edgar Hilsenrath Moskauer Orgasmus
Edgar Hilsenrath Nacht
Edgar Hilsenrath Die Abenteuer des Ruben Jablonsky
Edgar Hilsenrath Erzählungen II
Edgar Hilsenrath Endstation Berlin